Bernd Perplies & Christian Humberg

Drachengasse 13

Geister aus der Tiefe

Edition Roter Drache

Klimaneutral
Druckprodukt
ClimatePartner.com/14701-2102-1005
Dieses Buch wurde klimaneutral gedruckt.

Verpassen Sie kein spannendes Abenteuer aus der *Drachengasse 13*-Reihe!

Schrecken über Bondingor

Geister aus der Tiefe

Weitere Bände sind in Vorbereitung.

1. überarbeitete Neuauflage März 2022

Edtion Roter Drache, Holger Kliemannel, Am Hügel 7, 59872 Meschede

edition@roterdrache.org; www.roterdrache.org

Umschlagillustration und Vignetten: Lea Heidenreich, www.arisu.de

Landkarte: Daniel Ernle

Umschlaggestaltung: Holger Kliemannel

Gesamtherstellung: Jelgavas tipografia

ISBN 978-3-96815-039-0

Felder
Fleet
Moor
1
2
3
8
9
10
11
12
13
14
15
16
17
18
19
20
21
22
26

Inhalt

Kapitel 1	Mutprobe um Mitternacht	7
Kapitel 2	Ein trostloser Tag	23
Kapitel 3	Tränen und Geheimnisse	38
Kapitel 4	Drei vom alten Eisen	55
Kapitel 5	… und nichts als die Wahrheit	75
Kapitel 6	Ein guter und ein schlechter Plan	91
Kapitel 7	Spürechsen und Geisterbomben	105
Kapitel 8	Zu den Waffen!	127
Kapitel 9	Schleichendes Grauen	138
Kapitel 10	Hämmern in der Tiefe	154
Kapitel 11	Verloren	172
Kapitel 12	Auf der Flucht	188
Kapitel 13	Ein Fest mit Überraschungen	203

TOMRIN von Wiesenstein ist zwölf und der Sohn des Hauptmanns der Stadtgarde. Er ist stark, mutig und immer bereit, Freunden in Not zu helfen. Manchmal neigt er aber dazu, loszustürmen, ohne vorher nachzudenken.

HANISSA (Nissa) ist zwölf und wohnt mit ihrer Mutter, einer Köchin, in der Magischen Universität. Dort lernt Hanissa heimlich zaubern, obwohl das eigentlich nur Jungs dürfen. Ihre Freunde Sando und Tomrin staunen immer wieder, was sie schon alles kann.

SANDO ist dreizehn und lebt im Hafenviertel. Seit dem Tod seiner Eltern sorgt der Zwerg Gump für ihn, dem die Schenke GUMPS BRANDUNG gehört. Sando ist auf der Straße zu Hause und kennt sich dort aus wie kein Zweiter.

FLECK ist ein junger Flugdrache mit verkrüppelten Flügeln. Er frisst alles und hat vier linke Füße. Wenn er Angst bekommt, verwandelt er sich in ein Ungeheuer! Tomrin, Sando und Hanissa kümmern sich um ihn.

Für Annika und Rainer.
Sternenkinder, allesamt …

Kapitel 1
Mutprobe um Mitternacht

Hast du etwa Angst?«

Wonkar blickte den schmächtigen Bortha herausfordernd an. Der stämmige Zwergenjunge hatte die Hände in die Hüften gestemmt und das Kinn vorgereckt, auf dem sich bereits erster Bartwuchs zeigte. Seine haselnussbraunen Augen funkelten.

Sando sah, wie Bortha leicht zusammenzuckte. Bortha war der Drittjüngste ihrer achtköpfigen Gruppe, ein Zwerg von nicht einmal fünfundzwanzig Jahren – was ungefähr sieben Menschenjahren entsprach. Er reichte Sando kaum bis zur Schulter. Und obwohl Bortha ein trotziges Gesicht machte, merkte man deutlich, dass er sich überhaupt nicht wohl in seiner Haut fühlte.

Die Mutprobe, die Wonkar sich ausgedacht hatte, war aber auch wirklich nicht ohne. Natürlich hatte jeder von ihnen irgendeine Art von Tapferkeitsbeweis ablegen müssen, um ein »Grubenjunge« zu werden. Doch weder Sando noch die sechs Zwerge, die im Moment zu den Grubenjungs gehörten, hatten dafür durch die Verbotenen Hügel laufen müssen.

Sando dachte an sein eigenes Aufnahmeritual vor vier Jahren zurück. Sein Zwergenfreund Grimbak hatte ihn mit der Bande bekannt gemacht, deren Versteck in einer aufgegebenen Erzgrube lag und die daher ihren Namen hatte. Wonkar war schon damals ihr Anführer gewesen. Er hatte sich zunächst gesträubt, einen Menschenjungen in die Zwergengruppe aufzunehmen. Aber Sando war nicht irgendein Menschenjunge. Er gehörte zu Gump, dem Zwergenwirt, der im Hafenviertel Bondingors die Schenke GUMPS BRANDUNG betrieb. Bei ihm war er aufgewachsen, seit seine Eltern vor vielen Jahren bei einem Feuer ums Leben gekommen waren. Und da das Sando zu einer Art »Halbzwerg« machte, hatten die Grubenjungs ihn schließlich aufgenommen.

Der Dreizehnjährige mit dem schulterlangen schwarzen Haar und der mehrfach geflickten Hose grinste innerlich. Wonkar hatte ihn damals ein Gesicht mit herausgestreckter Zunge auf den Ratsschild malen lassen, der über der Tür zur Ratshalle des Zwergenviertels hing. Beinahe hätte ihn dabei der Erste Steinrat erwischt, der Bondingors Zwergenklans anführte.

Aber solche Kindereien waren Wonkar mittlerweile zu albern. Wer heute ein Grubenjunge sein wollte, musste schon zeigen, dass er Mumm in den Knochen hatte. Und deshalb befanden sie sich in dieser Nacht alle am Rand der Verbotenen Hügel.

»Ist doch klar«, tönte ein Zwergenjunge aus der zweiten Reihe. »Bortha hat die Hosen voll, weil er befürchtet, dass ihn die Geister holen.« Es war Urbin, der seine spärlichen Bartzauseln in sehr eigenwillig geflochtenen Zöpfen trug. Wie Gumrak Eisenschild, ein ortsansässiger Held. Aber Gumraks Bart war viel länger und dichter als Urbins. Bei Urbin sahen die Zöpfe etwas lächerlich aus.

»Lass dich nicht ärgern, Bortha«, sagte Sando zu dem Zwerg und klopfte ihm aufmunternd auf die Schulter. Bortha kam wie Gump aus dem Klan der Wasserheber und war damit so etwas wie ein ziemlich entfernter Vetter Sandos. »Es gibt gar keine Geister in den Verbotenen Hügeln.«

»Gibt es doch«, beharrte Urbin. »Ich habe sie schon in der Nacht klagen hören.«

»Das waren sicher streunende Katzen«, erwiderte Sando. Zwar lag die Schmiede von Urbins Vater tatsächlich so nah an der *Schwelle*, dass die unheimlichen Geräusche von der anderen Seite gekommen sein könnten, aber das musste noch gar nichts bedeuten.

»Und ich habe ein unheimliches Leuchten zwischen den Häusern gesehen«, fügte Umbrin hinzu. Er war Urbins Bruder und hatte seinen Bart rot gefärbt. Womit er nicht weniger dämlich aussah als »Zöpfchen«, wie Sando Urbin heimlich nannte.

»Streunende Irrlichter«, hielt Sando dagegen. »Das Elfenviertel ist schließlich direkt nebenan.«

»Aber ich …«, begehrte Urbin auf.

»Klappe halten, allesamt«, ging Wonkar dazwischen. »Es ist bald Mitternacht. Die Zeit ist gekommen.« Er wandte sich an Bortha. »Wie entscheidest du dich? Willst du ein Grubenjunge sein oder nicht?«

Der Zwergenjunge schluckte und nickte. »Ich mache es.«

»Sehr gut«, sagte Wonkar. »Dann kommt, Freunde.«

Geduckt huschten Sando und die sieben Zwerge aus dem Schatten der Seitengasse. Auf der Straße war keine Zwergenseele zu sehen. Die ganze Gegend wirkte wie ausgestorben. Das war allerdings auch kein Wunder. Niemand hielt sich nachts gerne in der Nähe der Verbotenen Hügel auf. Der ehemalige Teil des Zwergenviertels galt seit Jahrzehnten als verflucht.

Was genau dort vorgefallen war, wusste Sando nicht. Die Zwerge redeten nicht gern über diese Ecke Bondingors. Es hatte wohl mehrfach grausige Todesfälle dort gegeben, zuletzt vor zwanzig Jahren. Danach hatte der Steinrat der Zwergenklans beschlossen, die ganze Gegend aufzugeben. Man hatte eine hohe und sehr dicke Mauer errichtet, die seitdem Tag und Nacht von Freiwilligen der Zwergenwehr bewacht wurde. Diese *Schwelle*, wie die Mauer gemeinhin genannt wurde, sollte das Übel aussperren, das in den Verbotenen Hügeln hauste. Gleichzeitig verhinderte sie, dass sich irgendwelche Zwerge versehentlich dorthin verirrten.

Und so hatten die Zwerge Erde aufgeschüttet, Steinquader aufeinandergestapelt und Holzpfähle in den Boden gerammt, um kleine Ausguckspesten darauf zu errichten. Um Zeit und Arbeit zu sparen, hatten sie zudem ganze Häuserreihen, die an die Verbotenen Hügel grenzten, mit eingemauert. Sie hatten die Zimmer einfach mit Erde gefüllt, die Türen und Fenster mit Brettern vernagelt und zwergische Schutzrunen auf die Dachschindeln gemalt. Was immer jenseits der *Schwelle* lauerte, jagte ihnen eine Heidenangst ein.

Doch die *Schwelle* war damals in großer Hast errichtet worden. Daher gab es an vielen Stellen Löcher, durch die man heimlich schlüpfen konnte, wenn man mutig – oder dumm – genug war, sich in die Verbotenen Hügel zu wagen.

Was von beidem sind wir?, fragte sich Sando. *Mutig? Oder dumm?*

Er huschte in den Schatten des trutzigen Steinhauses auf der anderen Seite der Straße. Mit leisem Ächzen und Schnaufen schlossen sich ihm die sieben Zwerge an. Die Fenster waren mit breiten Holzbalken vernagelt. Sie hatten die *Schwelle* erreicht.

Irgendwo einige Straßen weiter schlug eine Glocke zur Mitternacht.

»Los, weiter«, drängte Wonkar.

»Warte«, flüsterte Sando. Er deutete mit einem Finger nach oben in Richtung Hausdach.

Schwere Schritte waren von dort zu hören. Einer der Zwerge, die auf dem Wehrgang der *Schwelle* Wache hielten, spazierte auf seiner einsamen Streife über ihnen vorbei. Die Grubenjungs hielten den Atem an. Ohne sich zu rühren, warteten sie ab, bis das Geräusch der schweren Lederstiefel des Wehrmannes wieder verklungen war.

»Jetzt aber«, brummte Wonkar. Der Zwergenjunge griff an seinen Gürtel und holte einen kurzen Hammer hervor, der auf einer Seite spitz zulief. Dann trat er auf die Eingangstür des Hauses zu.

Mit einigen raschen, geübten Hebelbewegungen löste er die zwei schweren Balken, die kreuzweise vor die Tür genagelt waren. Sando nahm sie entgegen und lehnte sie vorsichtig an die Mauer. Nach ihrem Ausflug würden sie die Balken wieder vor die Tür nageln, damit niemand Verdacht schöpfte. Anschließend öffneten die Jungen die Tür und huschten ins Innere.

Dieses Haus gehörte zu den größeren Schlupflöchern in der *Schwelle*. Obwohl es mit Brettern verrammelt worden war, hatten die Zwerge nicht daran gedacht, sein Inneres mit Erdreich und Steinen zu füllen. So konnte man sich ganz bequem durch die niedrigen Räume bewegen, wenn man erst einmal hineingelangt war.

Im Gänsemarsch durchquerten Sando und die Zwerge das Erdgeschoss und liefen eine Treppe hinauf in den zweiten Stock. Dort, im ehemaligen Schlafgemach der längst ausgezogenen Bewohner des Hauses, gab es ein breites Fenster, das nach Süden zeigte – in Richtung der Verbotenen Hügel.

Die Holzsperren ließen sich hier viel leichter lösen, denn sie waren nur lose befestigt. Nicht zum ersten Mal gelangten die Grubenjungs auf diese Weise unerlaubt in die Verbotenen Hügel. Aber bislang waren sie immer nur am helllichten Tage dort gewesen, niemals nachts.

»Also schön«, sagte Wonkar, als sie zusammen aus dem Fenster auf die dunklen Straßen der Verbotenen Hügel schauten. »Wir lassen dich jetzt an einem Seil nach unten, Bortha. Dann läufst du durch die Straßen bis dort drüben zu dem Turm. Siehst du ihn?« Er deutete auf ein dunkles Bauwerk, das über den Dächern der verlassenen Gegend aufragte. »Direkt unter dem Dach sind Fensteröffnungen. Ich möchte, dass du diese Kerze mitnimmst, dort anzündest und uns damit zuwinkst.« Er zog einen Kerzenstummel und eine Zunderbüchse aus einer Tasche an seinem Ledergürtel und hielt Bortha beides hin. »Dann kommst du zurück und wirst feierlich zu einem von uns ernannt.«

Bortha presste die Lippen zusammen und nickte. »Ist gut«, sagte er. Er sah ziemlich bleich aus, aber das konnte auch am fahlen Licht des beinahe vollen Mondes liegen, der durch die zerfaserte Wolkendecke am nächtlichen Himmel auf sie herabschien.

»Tumril, das Seil.«

Ein hünenhafter Zwergenjunge, der Sando fast bis zur Nasenspitze reichte, trat vor und hielt eine Rolle Tau hoch, die er die ganze Zeit mitgeschleppt hatte. Wonkar nahm das Tau und befestigte das eine Ende an Borthas Gürtel. Das andere übergab er Sando. Die restlichen Zwerge – neben Tumril, Urbin und Umbrin waren dies Grimbak und sein Vetter Thimon – kamen hinzu und griffen ebenfalls nach dem Tau.

»Viel Glück, Bortha«, sagte Sando.

Dann ließen die Grubenjungs den Zwerg an der Außenmauer des Hauses zur Straße hinunter.

Unten angekommen löste Bortha das Tau von seinem Gürtel und sah sich um. Die Kerze und die Zunderbüchse hielt er fest umklammert. Nach einem Moment des Zögerns rannte er los. Kurz darauf war er im Schatten der Häuser verschwunden.

Irgendwo in der Ferne war ein klagendes Heulen zu hören. Sando schauderte unwillkürlich. Es klang irgendwie überhaupt nicht wie eine streunende Katze.

»Das war keine gute Idee, gar keine gute Idee«, murmelte Grimbak. Er zupfte sich am kurzen, hellbraunen Bart.

»Sei still«, knurrte Wonkar. »Ihm wird schon nichts passieren.« Mit zusammengekniffenen Augen starrte er auf den Turm, dessen Schindeldach im Mondlicht glänzte.

»Aber was, wenn er die Geister weckt?«, fragte Thimon leise. Mit achtzehn war er der Jüngste der Grubenjungs – von Sando einmal abgesehen.

Sando schnaubte übertrieben. »Jetzt hört endlich auf mit euren Geistern. Was immer in den Verbotenen

Hügeln geschehen ist, Geister hatten sicher nichts damit zu tun. Geister töten keine Menschen.«

Urbin und Umbrin blickten sich bedeutungsvoll an. Wonkar räusperte sich.

»Was ist?«, fragte Sando gereizt.

»Es wurden auch keine *Menschen* getötet«, erklärte Grimbak düster. »Sondern Zwerge.«

Sando warf die Arme hoch. »Menschen, Zwerge, das ist doch egal. Hört auf mit diesen Schauergeschichten. Es ist da draußen dunkel und einsam. Aber das war's auch schon. Es gibt keine Geister!«

Natürlich stimmte das nicht. Das wusste Sando auch. Es gab Geister. Sie waren zwar selten, aber es gab sie. Er hatte schon mehr als eine Geschichte über sie in GUMPS BRANDUNG gehört. Schwer bewaffnete Gruppen von Glücksrittern erzählten von schauerlichen Grabanlagen, in denen körperlose Schrecken umgingen. Und alte Flussschiffer munkelten von bleichen Frauen im Wasser des Fleet, des riesigen Flusses, der einmal quer durch das Königreich Mintaria verlief und auch durch Bondingor seine Schleife zog. *Aber das ist alles weit weg,* dachte er. *Hier gibt es keine Geister … Bestimmt nicht …*

»Da!«, schrie Urbin unvermittelt und erschreckte Sando so sehr, dass dieser heftig zusammenzuckte. »Die Kerze.«

Alle Grubenjungs drängten sich vor dem Fenster und blickten auf den schwarzen Turm, der in der Ferne aufragte. Aus der kaum erkennbaren Fensterhöhle direkt unter dem Dach glomm ihnen ein kleiner Lichtschein entgegen. Das Licht glitt hin und her. Bortha winkte ihnen zu, wie abgemacht.

»Er hat es geschafft.« Sando fiel ein Stein vom Herzen. Hatte er es doch gewusst: Dort draußen war nichts. Es gab keinen Grund, sich Sorgen zu machen.

Das Licht im Turmfenster erlosch.

Sando wandte sich Wonkar zu, der zufrieden nickte. »Jetzt ist es gleich vorbei. Sobald Bortha zurück ist, gehört er zu uns. Genügend Mut hat er jedenfalls.«

»Pah«, machte Urbin großspurig. »Ich wäre auch zu dem Turm gelaufen, und ich hätte dort nicht nur eine Kerze angezündet, ich hätte dort übernachtet.«

»Mach doch«, forderte Sando ihn auf. »Bis zum Morgengrauen dauert es ja noch ein paar Stunden. Ich wette, dass du dich das nicht traust.«

»Ich würd's machen, aber ich muss morgen früh bei Sonnenaufgang zu Hause sein. Der Stadtmarschall hat bei uns Rüstungen bestellt, und mein Vater bringt mich um, wenn ich ihm nicht bei der Auslieferung helfe.« Urbin und Umbrins Vater war Schmied und unterhielt gute Geschäftsbeziehungen zum Palast des Barons von Bondingor.

»Na, dann geh mal besser nach Hause, damit du keine Tracht Prügel bekommst«, spottete Sando.

»Halt dein bartloses Maul, Halbzwerg«, knurrte Urbin mit finsterer Miene. Er ballte die Fäuste und wollte auf Sando losgehen.

»Keinen Streit, Grubenjungs«, ging Wonkar dazwischen. Er legte Urbin eine Hand auf die Schulter und warf Sando gleichzeitig einen warnenden Blick zu. »Klar? Oder will sich einer von euch mit mir anlegen?«

Urbin senkte den Blick, und auch Sando schüttelte den Kopf. Er hatte sicher keine Angst vor Zwergenjungen, aber Wonkar war nicht ohne Grund der Anführer ihrer Gruppe. In vierzig Jahren mochte er der neue Gumrak Eisenschild sein. »Tut mir leid, Wonkar. Es soll nur niemand so tun, als wäre das, was Bortha gemacht hat, eine Kleinigkeit.«

»Sehe ich auch so«, pflichtete Wonkar ihm bei. »Der Kiesel ist verdammt tapfer. Der Meinung bist du doch auch, Urbin, oder?«

Sando sah, wie der Anführer der Grubenjungs »Zöpfchen« noch fester an der Schulter packte – und er wusste, dass Wonkar einen eisenharten Griff hatte.

»Schon recht, Wonkar«, ächzte der Zwergenjunge mit dem geflochtenen Bart. »Was immer du sagst.«

»Wo wir gerade von ihm sprechen …«, mischte sich Grimbak ein. »Wo bleibt Bortha eigentlich?«

Sando blinzelte und warf einen Blick aus dem Fenster. Das war eine gute Frage. Mittlerweile war genug Zeit vergangen. Bortha hätte bereits wieder unten vor dem Haus auftauchen müssen. Aber da war niemand. Auf der dunklen Straße war es völlig still. In Sandos Magengegend machte sich ein ganz unangenehmes Gefühl breit.

»Vielleicht musste er dringend mal«, schlug Thimon vor.

Urbin warf ihm einen zweifelnden Blick zu. »Er soll sich in den Verbotenen Hügeln in eine Ecke verkrochen haben, um sich zu erleichtern?«

»Ach, er kommt sicher gleich«, brummte Tumril, doch in seiner Stimme schwang ein leichtes Unbehagen mit.

Schweigend blickten Sando und die sechs Zwerge durch das Fenster in die Finsternis. Eine gefühlte Ewigkeit verstrich. Nichts regte sich vor dem Haus.

»Dreck!«, fluchte Grimbak unterdrückt. »Dem Kiesel muss irgendwas passiert sein.«

»Die Geister haben ihn geholt«, entfuhr es Thimon, und seine Augen weiteten sich.

»Bleib mir endlich mit deinen Geistern vom Leib!«, regte sich Sando auf. Dann biss er sich auf die Lippen. Er hatte Thimon nicht so anfahren wollen. Aber Bortha gehörte nun einmal zu seinem Klan. Irgendwie fühlte sich Sando für ihn verantwortlich.

In diesem Augenblick wehte ein lang gezogenes, klagendes Heulen zu ihnen herein. Es klang sehr nah! Sando spürte, wie ihm die Haare zu Berge standen. Mit aufgerissenen Augen starrte er nach draußen.

»Da ist das Licht!«, rief Umbrin. »Das Geisterlicht!« Er strich sich aufgeregt durch den rot gefärbten Bart und deutete nach draußen auf die Dächer jenseits der nächsten Häuserreihe.

Und wirklich lag dort ein unheilvolles, grünes Glühen in der Luft

»Ich verschwinde«, verkündete Umbrin ängstlich und wandte sich zum Gehen. Urbin schloss sich seinem Bruder an.

»Wartet!«, rief Sando und packte Umbrin am Arm. »Wir können nicht einfach weglaufen. Wir müssen nach Bortha suchen. Vielleicht hat er sich verletzt und liegt irgendwo da draußen. Oder er hat sich verlaufen.«

»Oder die Geister aus der Tiefe haben ihn geholt.« Der rotbärtige Zwerg schüttelte den Kopf. »Ohne mich.« Er riss sich von Sando los und eilte davon. Sein Bruder folgte ihm.

»Wartet auf mich«, bat Tumril, ließ das Tauende fallen, das er die ganze Zeit in der Hand gehalten hatte, und lief den beiden Zwergen nach.

Thimon stellte sich neben Sando. »Ich bleibe und helfe dir.«

»Nein, das wirst du nicht«, sagte Grimbak und zog ihn zu sich. Er sah Sando an. »Es tut mir leid, mein Freund, aber ich gehe da auch nicht rein. Nicht heute Nacht.«

Sando wandte sich an Wonkar. »Was ist mir dir? Immerhin bist du der Anführer.«

Wonkars Gesicht sah man die Anspannung an. Ihm fiel die Entscheidung sichtlich schwer. »Wir haben keine Waffen«, sagte er schließlich. »Wir können gegen diese Geister nichts ausrichten.«

»Es gibt keine …«, setzte Sando wieder an.

»Doch, es gibt sie!«, unterbrach ihn Wonkar ungewöhnlich hitzig. Fast hätte er geschrien. »Sie haben meinen Vater damals umgebracht!« Er beruhigte sich ein wenig. »Und irgendwann werde ich es ihnen heimzahlen«, knurrte er leise. »Aber nicht heute Nacht. Nicht ohne Waffen …« Er wandte sich an Thimon und Grimbak. »Kommt, Grubenjungs.«

Thimon verzog trotzig das Gesicht. »Nein.«

»Doch«, befahl Grimbak streng und schob den Zwergenjungen mit sanfter Gewalt vor sich her zur Treppe.

»Was ist mit dir, Sando?«, fragte Wonkar. »Kommst du mit?«

Sando schüttelte den Kopf. »Ich kann nicht. Ich muss etwas tun.«

Wonkar zuckte mit den Schultern. »Dann viel Glück.« Zu dritt verschwanden sie die Treppe hinunter.

Plötzlich war Sando allein. Von hilfloser Wut erfüllt, presste er die Lippen zusammen. Er verfluchte sich dafür, dass er es so weit hatte kommen lassen. Er hätte nicht erlauben dürfen, dass Wonkar Bortha in die Verbotenen Hügel schickte. Die *Schwelle* war schließlich nicht grundlos erbaut worden.

Sandos Augen richteten sich noch einmal auf die einsame Straße, in der verzweifelten Hoffnung, Bortha könne dort auf einmal auftauchen.

Er kam nicht.

Wieder erklang das grausige Heulen. Es schien nun etwas weiter weg zu sein. Aber irgendetwas lebte dort unten – und es waren mit Sicherheit keine Katzen.

Sando schluckte. »Das schaffe ich nicht allein«, murmelte er. »Ich brauche Hilfe.«

Mit einem letzten, schuldbewussten Blick wandte sich der Junge ab. Kaum etwas war ihm je schwerer gefallen war.

KAPITEL 2
Ein trostloser Tag

Glukk seufzte zufrieden. Über den Dächern der Drachengasse ging gerade die Sonne auf – und Wasserspeier wie er *liebten* die Sonne. Denn nur bei schönem Wetter konnten sie so richtig ausruhen.

Die Ruhe liebte Glukk fast noch mehr als die Sonne, und bisher hatte er davon in seinem Hinterhof jede Menge bekommen. Mit diesem Hinterhof hatte es eine besondere Bewandtnis. Mitten in dem ganzen Abfall und Gerümpel, das sich auf der von hohen Mauern umgebenen Fläche hinter den Häusern 11 und 15 türmte, stand nämlich ein weiteres Haus – Drachengasse 13. Nur sah man es nicht mehr. Vor sehr vielen Jahren musste sich einer der Zauberer-Wirrköpfe aus der nahen Magischen Universität ganz schön im Spruch vertan und einen Unsichtbarkeitszauber ins Freie entlassen haben. Dieser war auf das alte Haus mit der Nummer 13 geprallt, das prompt unsichtbar geworden war. Nur ein Stück der Außenwand und das Wohnzimmerfenster aus Butzenscheiben waren noch zu erkennen, aber meist unter einer Plane aus Stoff verborgen.

Glukk liebte auch seinen Hinterhof. Der war so schön dreckig und ungepflegt. Seit die Anwohner das alte Haus vergessen und neue davor errichtet hatten, kümmerte sich niemand mehr darum. Überhaupt fand kaum jemand den Weg durch den schmalen Gang zwischen den Häusern 11 und 15 hierher.

Dem alten Wasserspeier mit dem steinernen Froschgesicht war das sehr recht. *Wo keiner etwas Wichtiges vermutet*, fand er, *taucht auch niemand auf und stört mich beim Ausruhen …*

»Los, Fleck, wir versuchen es gleich noch mal«, erklang plötzlich eine helle Mädchenstimme aus dem Gerümpelgang und riss ihn aus seinen Gedanken. »Du kannst es. Ich weiß, dass du es kannst.«

Im nächsten Moment tauchten das Mädchen und sein Jungdrache bereits im Hof auf. Das Mädchen trug einen blassvioletten Rock und ein wamsartiges Oberteil und hielt einen armlangen Ast in der Hand.

Glukk schloss kurz die Augen und unterdrückte einen Fluch. *Zumindest niemand außer den drei Kindern und ihrem schuppigen Schoßtier.*

Das Mädchen hieß Hanissa und war zuerst da gewesen. Sie hatte das Haus durch Zufall entdeckt und nutzte es seitdem, um heimlich in ihm zu zaubern. Das war Frauen und Mädchen zwar strengstens verboten, aber Glukk kümmerten menschliche Regeln und Gesetze einen feuchten Koboldpups. Von ihm aus konnte Hanissa bis ans Ende ihrer Tage hinter den unsichtbaren Mauern ihre Experimente machen. Er mochte sie eigentlich ganz gern, denn sie war nett. Sie behandelte ihn mit Respekt und gab sich immer Mühe, keinen Lärm zu machen.

Doch eines Tages hatte sie die anderen mitgebracht, und seitdem mochte Glukk sie ein kleines bisschen weniger. Die anderen waren Sando, ein Straßenjunge aus dem Hafenviertel, und Tomrin von Wiesenstein, Hauptmannssohn aus einer besseren Gegend der Stadt. Und diese beiden benahmen sich Glukks Meinung nach weit weniger rücksichtsvoll. Zu dritt hatten Hanissa, Sando und Tomrin das vergessene Haus kurzerhand zu ihrem Geheimversteck erkoren und trafen sich seitdem nahezu täglich dort. Seit einiger Zeit hatten sie auch noch diesen Drachen dabei, und *das* war nun wirklich mehr, als ein Wasserspeier ertragen musste. Oder?

»Also, Fleck, aufgepasst. Hol den Stock.« Hanissa wedelte dem kleinen Drachen mit dem Ast vor der

Schnauze herum. Dann holte sie aus und schleuderte ihn quer durch den Hof. Fleck schaute sie aus treuen Augen an und wackelte mit den verkrüppelten Flügelchen. Aber er machte keine Anstalten, dem Stock nachzulaufen.

Eins muss man dem elenden Flattervieh lassen, dachte Glukk. *Es ist klüger, als es aussieht. Wer wäre so blöd, einem toten Stück Holz nachzurennen, das jemand anders weggeworfen hat.*

Da fiel ihm plötzlich auf, dass der Drache seit gestern die Farbe gewechselt hatte. Eigentlich war Flecks Schuppenkleid grün und grau, nun aber erstrahlte es in einem Goldton, der ihn fast wie eine alberne Trophäe aussehen ließ.

»Och, Fleck, du gibst dir aber auch gar keine Mühe«, beschwerte sich Hanissa und lief selbst los, um den Ast zu holen. Fleck sprang ihr freudig hinterher. Das Mädchen hob den Stock auf und beugte sich zu dem kleinen Drachen hinunter. »Das ist doch gar nicht so schwer zu begreifen«, sagte sie leicht gereizt. »Wenn ich dir sage, wo du was zu Fressen findest, kannst du dir das doch auch holen. Das ist genau das Gleiche. Ich sage: ›Hol mir den Stock‹, und du holst ihn mir, alles klar?« Sie hob den Ast erneut und warf ihn schwungvoll über den Hof zurück zu dem Gang zwischen den Häusern.

Aus dem in genau diesem Augenblick Tomrin trat. »He, was ist denn hier los?«, rief er und hob erschrocken die Hände vors Gesicht, als der Ast direkt neben ihm gegen die Mauer knallte.

Glukk gluckste still in sich hinein.

»Hoppla, Entschuldigung«, antwortete Hanissa verlegen. »Ich versuche gerade Fleck beizubringen, wie man Stöckchen holt.«

Tomrin schaute Fleck an, der noch immer regungslos neben Hanissa stand. »Aha. Klappt wohl nicht so, oder?«

»Leider nein«, gab Hanissa zu, während sie zu Tomrin hinüberging. »Ich bin sicher, dass er versteht, was ich von ihm will, aber er macht es nicht.«

Der Junge grinste. »He, Fleck. Ärgerst du Nissa?« Er ging in die Hocke, um den Jungdrachen zu begrüßen, der ihm in ungestümer Begeisterung entgegenkam. Im nächsten Moment riss Tomrin die Augen auf. »Bei allen Torfgespenstern, was ist denn mit *dem* passiert? Der ist ja gelb!«

»Golden«, verbesserte ihn Hanissa. »Fleck hatte … einen kleinen Unfall.«

»Klein?« Tomrin hob die Brauen und tätschelte dem Jungdrachen die lange Schnauze. »Sag jetzt nicht, dass du irgendwelche magischen Versuche an ihm durchgeführt hast.«

»Ich?« Hanissa schüttelte so heftig den Kopf, dass ihre wilde rote Haarmähne nach allen Seiten flog. »Oh, nein. Das war ich nicht.«

»Sondern?«, hakte Tomrin nach, während er wieder aufstand. »Eins steht fest: *Das* ist Zauberwerk!«

Hanissa sah betreten zu Boden. »Kennst du Magister Eulalius A. Kronzimons, den Lehrer für Verwandlungsmagie?«, fragte sie ein wenig kleinlaut.

»Ich kenne überhaupt keine Zauberer«, antwortete Tomrin. Er konnte den Blick kaum von dem kleinen Drachen abwenden, auf dessen goldenem Schuppenkleid sich das Licht der Sonne spiegelte. Fleck selbst wirkte, als genieße er die Aufmerksamkeit in vollen Zügen.

»Er lehrt, wie man mit magischen Mitteln Personen und Gegenstände verändert.« Hanissa schluckte. »Und als ich Fleck gestern Abend mit nach Hause genommen habe, ist er uns auf dem Campus begegnet.«

Glukk nickte. Das Mädchen wohnte auf dem Gelände der Magischen Universität, weil ihre Mutter dort Köchin war. So viel hatte selbst er inzwischen aufgeschnappt.

»Magister Kronzimons war so von Fleck begeistert, dass er uns bat, ihn in sein Studierzimmer zu begleiten«, fuhr Hanissa fort.

»Um unseren Drachen in einen Pokal zu verwandeln«, bemerkte Tomrin trocken.

Wieder schüttelte Hanissa den Kopf. »Nein, um ihn zu untersuchen. Er sagte, er erkenne an Fleck Zeichen von Restmagie und wolle mal nachschauen, ob er nicht etwas für ihn tun könne.«

Ah, daher wehte der Wind! Glukk erinnerte sich: Vor ein paar Wochen noch war Fleck ein junger Flugdrache der Stadtgarde gewesen. Ein misslungener Wachstumszauber hatte ihn in ein Monster verwandelt. Als so genannter Nachtfresser hatte er die ganze Stadt in Angst und Schrecken versetzt. Tomrin, Hanissa und Sando war es mit Hilfe eines Gegenzaubertranks gelungen, die Verwandlung rückgängig zu machen. Aus Dankbarkeit hatte Baron Berun, der Herrscher Bondingors, ihnen den Drachen geschenkt. Nur leider hatte der Gegenzauber nicht so ganz geklappt.

»Und du hast gedacht ...« Tomrin hielt inne, als wolle er seiner Freundin die Gelegenheit geben, die Geschichte selbst zu Ende zu erzählen.

»Na, Kronzimons ist *Fachmann* für Verwandlungen!«, gab Hanissa zurück. »Ich habe natürlich gehofft, er würde etwas über Flecks kleines Problem herausfinden.«

»Kleines Problem ...«, wiederholte Tomrin spöttisch. »Du meinst, dass Fleck sich immer noch in den Nachtfresser verwandelt, wenn er Angst bekommt.«

Hanissas Augen funkelten trotzig. »He, das ist nicht meine Schuld!«

Da musste Glukk ihr recht geben: Die Jungen hatten es verbockt. Weil Sando und Tomrin beim Einkauf der Zauberzutaten einen Fehler gemacht hatten, wurde Fleck von Zeit zu Zeit rückfällig. Wann immer er sich fürchtete oder aufregte, kam zum Teil wieder der Nachtfresser in ihm durch und machte aus dem *kleinen* ungeschickten Jungdrachen mit dem großen Herzen einen *großen* ungeschickten Jungdrachen mit großem Herzen. Abgesehen von den drei Freunden und Glukk wusste aber niemand davon. Und das sollte auch so bleiben, fanden die drei.

Da Tomrin schwieg, sprach Hanissa weiter: »Jedenfalls hat Magister Kronzimons versucht, Fleck die Restmagie wegzuzaubern … und das ist ihm nicht so ganz gelungen. Stattdessen hat er Flecks Farbe verändert.«

Tomrin betrachtete den goldenen Drachen, und mit einem Mal musste er lachen. »Und wie lange bleibt er jetzt so?«

»Nur bis heute Abend«, antwortete das Mädchen. »Sagt zumindest der Magister. Die ganze Sache war ihm furchtbar peinlich, aber Fleck scheint es nicht zu stören.«

»Ich würde sogar sagen, es gefällt ihm.« Grinsend strich Tomrin dem Jungdrachen über den Kopf. »Ist Sando eigentlich schon da?«

»Keine Ahnung«, sagte Hanissa. »Fleck und ich sind auch gerade erst gekommen. Kann sein, dass er drinnen auf uns wartet.«

»Dann nichts wie rein.« Tomrin trat zur Seite, und Hanissa kletterte über die Fensterbank ins Innere des Hauses. Anschließend hob Tomrin Fleck vom Boden und hievte ihn ins Zimmer, bevor er schließlich selbst hineinstieg.

Die Plane, die den sichtbaren Mauerrest und das Fenster vor neugierigen Blicken verbergen sollte, fiel zurück an ihren Platz. Endlich kehrte wieder Ruhe im Hinterhof ein.

Doch Glukk ahnte, dass sie nicht von Dauer sein würde. Ein Tag, der mit einem goldenen Drachen begann, konnte kein ereignisloser Tag werden, so einfach war das. Glukk blieb nichts als die Hoffnung, dass sich die Ereignisse woanders zutragen würden.

Es dauerte noch eine ganze Weile, bis Sando endlich am Fenster der Drachengasse 13 auftauchte. Er machte ein Gesicht wie zehn Tage Regenwetter.

»Hast du verschlafen?«, begrüßte Tomrin seinen Freund spöttelnd. Gemeinsam mit Hanissa saß der Hauptmannssohn an dem großen Tisch im Wohnzimmer. Wie immer war die Tischplatte mit Töpfen, Fläschchen, bunten Quarzsteinen und staubigen

Büchern übersät, die Hanissa für ihre Zauberübungen benötigte. Gerade hatte sie begonnen, ein paar Kräuter in einer Schale zu zerreiben, und der ganze Raum roch bereits nach ihnen.

Sando grunzte. »Dafür hätte ich ja schlafen müssen …«

Tomrin stutzte. Normalerweise strotzte Sando nur so vor Tatendrang und Abenteuerlust, nun aber wirkte er furchtbar niedergeschlagen. »Ist irgendwas?«, fragte er vorsichtig.

Auch Hanissa ließ nun von ihrer Arbeit ab und sah zu ihm hinüber. »Sando?«

Der winkte schwach, schwang sich über das Fensterbrett und landete mit beiden Füßen auf den Holzdielen des Wohnzimmers.

Trotz seines Alters war es ein schöner Raum: An der linken Wand befanden sich eine Feuerstelle und eine Kochnische, an der rechten eine Kommode, über der ein zerschlissener Wandteppich hing. Eine Stiege führte durch ein Loch in der Decke in den ersten Stock. Die Mitte des Raumes füllte der große Tisch, an dem Tomrin und Hanissa saßen.

Sando ging zu der kalten Feuerstelle hinüber und ließ sich davor nieder. Fleck, der bis eben fröhlich nach im Sonnenlicht tanzenden Staubteilchen geschnappt hatte, trottete zu ihm und legte ihm den Kopf in den Schoß.

Sogar der Drache spürt, dass hier etwas nicht stimmt, dachte Tomrin. Irgendwie machte ihn das noch unruhiger. »Können wir dir helfen?«

»Nur, falls Nissa einen Zauber kennt, der aus heute gestern macht«, murmelte Sando. Er schaute seine Freunde nicht einmal an und schien sich zu schämen. »Gibt's so einen?«

»Bestimmt«, antwortete Hanissa leise. Es klang, als wollte sie das gar nicht so genau wissen. »Sando, was ist passiert? Egal, was es ist: Erzähl's uns, bevor ich hier vor Sorge verrückt werde.«

Sando verzog das Gesicht. »Ich hab Mist gebaut«, sagte er. »Ganz, ganz großen Mist.«

Schweigend hörten Tomrin und Hanissa zu, während ihr Freund beschrieb, was in der vergangenen Nacht passiert war. Sando sparte nichts aus und verheimlichte auch nicht, wie viel Schuld er sich selbst gab.

»Er ist nicht mehr aufgetaucht«, schloss er seinen Bericht, hob den Kopf und sah die anderen Hilfe suchend an. »Wir … *Ich* hätte es besser wissen müssen. Die Verbotenen Hügel sind kein Ort für eine Mutprobe.«

Tomrin runzelte die Stirn. Das klang gar nicht gut. »Mein Vater hat mir von dem Gebiet erzählt«, sagte er. »Soweit ich weiß, weigern sich die Zwergenklans, die

Stadtgarde dort nach dem Rechten sehen zu lassen. Und das, obwohl sie sich selbst nicht hineintrauen.«

Sando nickte. »Zwerge sind so, jedenfalls die meisten. Zu stolz, um Hilfe von außen anzunehmen. Sie wollen Fremde nicht in Angelegenheiten verwickeln, die ihrer Meinung nach nur Zwerge angehen. Lieber lassen sie ein Problem ungelöst. Wenn sie wüssten, dass ich hier mit euch darüber spreche, wären sie ganz schön wütend auf mich – vorsichtig ausgedrückt.«

Das erklärt, warum die Stadtgarde kein Notruf erreicht hat, begriff Tomrin. *Und es wird auch keiner kommen.* Das erschreckte ihn sehr. Einerseits respektierte er die Sitten und Gebräuche der Zwerge, andererseits musste man doch etwas tun, wenn jemand womöglich in Not war!

»Dein Onkel Gump ist aber anders«, schaltete sich Hanissa ein. »Er würde den armen Bortha doch nicht einfach dort allein lassen, oder?« Sie wirkte erschüttert und hatte die Hände auf den Oberschenkeln zu Fäusten geballt, als wolle sie sich krampfhaft am Stoff ihres Rocks festhalten.

»Mein Onkel ist bestimmt ein ungewöhnlicher Zwerg«, gab Sando zurück. »Aber in die Verbotenen Hügel kriegen den auch keine zehn Pferde.«

»Und jetzt?«, fragte Tomrin. »Die Zeit drängt, was habt ihr vor?«

»Wir? Gar nichts.« Sando seufzte. »Die anderen Grubenjungs tauchen da so schnell nicht wieder auf, das ist klar.«

»Aber was soll dann aus Bortha werden?«, fuhr Hanissa auf. »Es muss doch einen Grund dafür geben, dass er nicht zurückgekehrt ist. Vielleicht hat er sich verletzt und kann nicht mehr aus eigener Kraft weiter.«

»Vielleicht haben ihn die Geister aus der Tiefe geholt«, erwiderte Sando. »Das ist es nämlich, was meine feigen Freunde glauben – und damit ist die Sache für sie erledigt. Wenn ich ehrlich sein soll, verstehe ich ihre Angst sogar. Heute Nacht, als ich allein auf der *Schwelle* stand und in das dunkle Straßengewirr hinunterschaute, bekam ich auch ziemlich weiche Knie …«

»Das ist jetzt nicht dein Ernst?«, fragte Tomrin. »Du willst Bortha doch nicht im Stich lassen, oder?«

»Natürlich nicht!« Sando schüttelte verzweifelt den Kopf. »Deswegen hab ich doch kein Auge zugemacht. Aber so sehr ich auch grübele, ich finde nur eine einzige Lösung. Und die gefällt mir ganz und gar nicht.«

»Du willst reingehen«, sagte Tomrin. »In die Verbotenen Hügel.«

Sando nickte und fuhr sich nervös durch die zerzausten schwarzen Haare. »Zur Not geh ich auch allein.«

»Typisch Jungs.« Hanissa schüttelte den Kopf. »Erst denkt ihr ewig lange nach, und dann entscheidet ihr euch doch für den einfachsten Weg. Auch, wenn es der falsche ist.«

Tomrin sah sie verwundert an. »Was meinst du?«

»Wenn die Gegend hinter der *Schwelle* nur halb so gefährlich ist, wie behauptet wird, wäre es sehr dumm von Sando, allein hineinzugehen«, erklärte sie. »Dieser Bortha Wasserheber kann schließlich überall sein. Nein, Jungs, bevor wir irgendetwas Unüberlegtes tun, müssen wir mehr über diese Gegend in Erfahrung bringen. Und ich glaube, ich weiß, wer uns dabei helfen kann – zehn Pferde hin oder her.«

»Uns?« Tomrin runzelte die Stirn. »Du meinst …«

»Tomrin von Wiesenstein – tu nicht so unschuldig. Ich weiß doch, was du denkst. Du bleibst nicht ruhig sitzen, wenn jemand Hilfe benötigt. Gib's doch zu: Insgeheim grübelst du längst darüber nach, was es mit dem Rätsel um die Verbotenen Hügel auf sich hat.«

Tomrin konnte sich ein Grinsen nicht verkneifen. »Und wer soll uns deiner Meinung nach helfen?«

»Gump«, sagte Hanissa. »Oder kennst du einen anderen Zwerg so gut, dass er uns mehr über dieses Gebiet erzählen würde?«

»Moment, Moment«, begehrte Sando auf. »Ihr wollt wirklich mitkommen? Und ihr wollt zu meinem Onkel? Der reißt mir den Kopf ab …«

»Wir haben keine Wahl«, beharrte Hanissa. »Erst wenn wir Genaueres über die Verbotenen Hügel wissen, können wir Bortha helfen«

»Nissa hat leider recht«, sagte Tomrin, auch wenn er am liebsten sofort losgestürmt wäre und Bortha gesucht hätte.

Sando überlegte einen Moment. Dann nickte er. Mit einem Mal wirkte er, als sei ihm eine riesige Last von den Schultern genommen worden. »Ihr seid echte Freunde, wisst ihr das?«, fragte er leise.

»Wissen wir«, antwortete Hanissa schelmisch. »Und jetzt lasst uns aufbrechen.« Sie stand auf, trat zum Fenster und öffnete es. Im nächsten Moment war sie schon im Freien.

Erst als er den Fuß schon auf der Fensterbank hatte, hielt Sando inne. Verwundert sah er zu Fleck. »Sagt mal, spinn ich, oder ist der Drache heute gelb?«

»Gol-den«, antworteten Hanissa und Tomrin im Chor, und Fleck schnaubte stolz.

Kapitel 3
Tränen und Geheimnisse

Wie immer, wenn Tomrin an den Fleet kam, war er begeistert von der Umgebung, den Geräuschen und dem würzigen Geruch. Schiffe fuhren auf dem breiten Fluss, und das Licht der Vormittagssonne ließ ihn funkeln wie tausend Diamanten.

Wohin Tomrin blickte, sah er weiß verputzte Kontore und große Lagerhallen mit vergitterten Fenstern und breiten Türen aus dunklem Holz. Tag für Tag wechselten hier Waren für ein paar Beutel Gold den Besitzer. Dazwischen befanden sich kleinere Bauten – Schenken, Unterkünfte der Arbeiter, Amtsstuben der Schifffahrtsunternehmen …

Und Gumps Brandung.

Die Hafenschenke gehörte Sandos Ziehonkel und hatte den Begriff Haus eigentlich nicht verdient. Windschief und irgendwie trotzig stand sie am Ende einer kurzen Seitengasse. Auf den Ziegeln ihres Giebeldachs wucherte das Moos. Ihre Außenwände bestanden aus einer wilden Mischung aus Torf, Lehm und Stein, die jemand hinter schmutzigweißem Verputz zu verstecken versucht hatte. Schwarz gestrichene Holzbalken zogen sich durch die Wände. Ohne sie wäre das ganze Gebäude sicher längst in sich zusammengebrochen.

Vor der aus krummen Brettern genagelten Eingangstür blieben die drei stehen und sahen sich an.

»Haben wir jetzt einen Plan?«, fragte Sando.

»Wir gehen rein und trinken ein Glas Brause«, erwiderte Hanissa. »Dann wird uns schon was einfallen.«

»Na großartig.«

Die drei Freunde traten in den Schankraum, der fast das gesamte Erdgeschoss einnahm und so seltsam war wie das Äußere von GUMPS BRANDUNG. Links befand sich eine Theke mit mehreren Hockern. Den Rest des Raumes füllten abgenutzte Tische und durchgesessene Stühle, an denen sich abends Flussschiffer und Hafenarbeiter den Staub aus den Kehlen tranken.

Fast jeder freie Platz gehörte Gumps liebstem Hobby: der Schifffahrt. Obwohl Zwerge wie Sandos Onkel eigentlich wenig fürs Wasser und alles, was mit ihm zusammenhing, übrig hatten, *liebte* Gump Schiffe. Und Boote. Und Ruder, Anker, Taue, Fernrohre ... Jeder Winkel und jede Fensterbank seiner Schenke waren zugestellt mit Gegenständen dieser Art: einem winzigen hölzernen Dreimaster, einer geschnitzten Möwe, einem mit Muscheln verzierten Fischernetz. Hier hing eine alte Harpune und rostete still vor sich hin, da lehnte ein ausgemustertes Steuerrad und träumte von vergangenen Abenteuern.

Gump träumte mit ihnen. Der Herr über dieses Durcheinander hing an jedem einzelnen Stück seiner riesigen Sammlung und pflegte sie mit Begeisterung.

»Ah, mein Herr Neffe. Mit seinen Freunden, wie schön.«

Durch die Tür zur Küche kam Gump herein, ein Zwerg mit einem stattlichen Bauch und einem warmherzigen Lächeln. Sein ungewöhnlich lichtes Haupthaar wurde durch einen prächtigen Bart wettgemacht.

»Hallo Onkel Gump«, begrüßte ihn Sando. »Drei Brausen?«

»Selbstverständlich, selbstverständlich. Und für den ...« Gump stutzte. »... den *goldenen* Drachen?«, murmelte er dann und strich sich nachdenklich über den weißen Rauschebart. »Was es nicht alles gibt ...«

»Fleck, hast du Durst?« Hanissa sah ihren treuen Begleiter fragend an. »Eine Schale Wasser vielleicht?«

Flecks Antwort bestand aus einem begeisterten Schnaufen und zwei umgestoßenen Stühlen, die er mit seinem Schwanz unabsichtlich weggefegt hatte.

Als sie polternd zu Boden fielen, zuckte er zusammen und versteckte sich hinter Hanissa.

»Eine Schale Wasser«, wiederholte Gump und verschwand hinter seiner Theke. »Aber gern. Wasser macht müde Männer bunter.«

Tomrin und Sando grinsten sich an. Typisch Gump: Er mochte menschliche Redewendungen, konnte sie sich aber einfach nicht merken.

Die Brause schmeckte köstlich wie immer. Und doch konnten die Freunde sie nicht genießen. Zu sehr lastete die Sorge um Bortha auf ihnen.

»Was ist jetzt?«, zischte Tomrin. »Soll ich einfach mal fragen?«

Gump hatte begonnen, einige Krüge zu spülen, und konnte sie nicht hören. Tomrin fand, dass der sonst so lebhafte Zwerg an diesem Tag etwas bedrückt wirkte.

»Lieber nicht«, flüsterte Sando. »Gump hat sicher schon mitbekommen, dass Bortha heute Nacht verschwunden ist. Wenn wir ihn scheinbar grundlos auf die Verbotenen Hügel ansprechen, zählt er entweder eins und eins zusammen, oder er macht auf sturer Zwerg und erzählt uns gar nichts.«

»Aber irgendetwas müssen wir doch tun!«

Ratlos sahen sich die drei an.

Plötzlich hellte sich Hanissas Miene auf. »Wartet mal ab. Ich mach das schon.«

Sie steckte zwei Finger in ihre Brause, strich sich mit den feuchten Fingerkuppen über die Wangen – und stieß ihren Krug um. Mit einem lauten Klirren fiel er zu Boden. Die Brause ergoss sich über die dünne Strohschicht auf den Dielen.

»Oh, Fleck, nicht das jetzt auch noch!«, klagte sie laut und vergrub das Gesicht in den Händen. »Hast du heute nicht schon genug angerichtet?«

Tomrin und Sando sahen sie an. Hatte sie den Verstand verloren? Was war nur in sie gefahren?

Auch Fleck wirkte völlig überrumpelt. Der kleine Drache hatte natürlich gemerkt, dass sein Name gefallen war. Allerdings hatte er doch gar nichts angestellt. So zögernd, wie er zwischen den Jungen, dem umgestoßenen Krug und Hanissa hin und her sah, schien er sich allerdings doch nicht ganz sicher zu sein.

Jetzt bebten Hanissas Schultern. Unterdrückte Schluchzlaute drangen hinter ihren Händen hervor.

Sando sah Tomrin an, als habe sich die ganze Stadt gerade entschieden, ab sofort eine andere Sprache zu sprechen, ohne ihm Bescheid zu sagen. »Was ist denn los?« Dann zuckte er zusammen, denn Hanissa hatte ihm unter dem Tisch einen Tritt gegen das Schienbein verpasst.

»Psst!«, machte sie leise und schluchzte prompt noch lauter.

Tomrin konnte nur mit den Achseln zucken. Er war so ratlos wie Fleck und Sando.

»Um Himmels willen, Nissa!« Gump eilte herbei. Er klang so besorgt, als hätte sie sich gerade ein Messer in den Arm gerammt. »Was ist denn, meine Liebe? Hm? Bestimmt lässt sich alles wieder einrenken.« Fürsorglich legte er den Arm um Hanissas Schultern und tröstete sie.

Langsam ließ sie die Hände sinken. Darunter waren ihre Wangen so feucht, als hätte sie tatsächlich geweint.

»Es ist nur … dieser Drache …« Hanissa schluchzte erneut und tat, als könne sie vor lauter Traurigkeit keinen vollständigen Satz herausbringen. »Ich mag ihn ja … aber immer macht er was … stößt was um … Heu… Heute Morgen hat er sogar etwas gefressen, was er nicht hätte fressen dürfen …«

»Aber das macht doch nichts, Nissaleinchen«, säuselte Gump und strich ihr über das rote Haar. »Das bisschen verschüttete Brause ist nicht weiter schlimm.«

»Aber meine Aufgaben«, gab sie zurück und zog lautstark die Nase hoch. »Ich hatte Magister Kronzimons versprochen, bis zur nächsten Unterrichtsstunde alles fertig zu haben. Und ich *war* auch fertig! Aber dann hat Fleck die Blätter gefressen, und jetzt ist es zu spät, alles neu zu machen.«

Fleck winselte leise und versteckte sich halb schuldbewusst, halb verwirrt unter dem Tisch.

Tomrin musste sich anstrengen, um nicht zu grinsen. So langsam konnte er sich vorstellen, was Hanissa vorhatte.

»Aber du bist doch nicht allein, mein Kind«, sagte Gump. »Wir können dir bestimmt helfen. Worum ging es denn bei deinen Aufgaben?«

»Könnt ihr nicht«, schluchzte sie. »Auch Ihr nicht, Herr Gump. Oder kennt Ihr Euch etwa mit der Geschichte der Verbotenen Hügel aus? Darum ging es nämlich in meinem Aufsatz.«

Gump zuckte sichtlich zusammen, fasste sich aber schnell wieder. »Die Verbotenen Hügel ... Mal sehen.« Sein Blick verklärte sich. Er wirkte, als wisse er nicht, ob er lachen oder weinen sollte.

Einerseits wollte Gump nicht über das Stadtgebiet sprechen, das sein Volk für verflucht hielt. Andererseits aber konnte er einer weinenden Hanissa keinen Wunsch abschlagen. Dass deren Geschichte überhaupt keinen Sinn ergab – schließlich studierte Hanissa nicht an der Magischen Universität –, fiel ihm dabei gar nicht auf.

Während der nächsten Minuten berichtete Gump, was die Freunde ohnehin schon über die Verbotenen Hügel wussten. Es war offensichtlich, dass ihm das Ganze unangenehm war, aber er schlug sich tapfer.

»Ich fürchte allerdings, mehr kann ich dir nicht sagen«, schloss er endlich. »Die Hügel waren stets vor allem Bergbaugebiet, und für Bergbau habe ich mich eigentlich noch nie sonderlich interessiert. Wie sagt ihr Menschen so gern? Das ist einfach nicht mein Paar Handschuhe.«

Sando verzog das Gesicht. Auch Hanissa wirkte enttäuscht. Sie hatte sich wohl mehr erhofft. Trotzdem bedankte sie sich artig und behauptete, Gump habe ihr sehr geholfen.

»Allerdings könnt ihr einen Freund von mir fragen«, sagte Sandos Onkel und ging zurück zur Theke, um neue Brause zu holen. »Rurzak Erzfinder. Er arbeitet zwar heute als Steinmetz, aber früher fuhr er regelmäßig unter Tage. Und zwar in den Verbotenen Hügeln. Wenn einer mehr über die Gegend weiß, dann sicher er.«

Sando und Tomrin hoben die Köpfe. »Und wo finden wir diesen Steinmetz?«

»Ihr habt ihn gerade verpasst, ehrlich gesagt«, antwortete Gump. »Inzwischen wird er aber wieder in seiner Werkstatt sein. Sobald ihr ausgetrunken habt, besucht ihr ihn einfach.«

Rurzaks feine Steine befand sich im Handwerkerviertel der Stadt und sah aus, als stünde es dort schon seit der Gründung Bondingors. Die Werkstatt war von einer großen Wiese umgeben, auf der Grabsteine, Zierbrunnen und Statuen unterschiedlichster Größe standen. Marmor, Sandstein, Basalt und Schiefer, kostbare Onyxe und gewöhnliches Kalkgestein warteten auf Kunden.

Dazwischen eilten Rurzaks Mitarbeiter umher, meißelten hier und polierten da. Es herrschte geschäftiges Treiben, als Sando, Tomrin, Hanissa und Fleck eintrafen.

»Verzeihung, wo finden wir Rurzak Erzfinder?«, fragte Sando einen der Zwerge.

Dieser deutete auf die Eingangstür zur Werkstatt. »Ist drinnen«, sagte er.

Die drei Freunde ließen Fleck zur Sicherheit draußen vor der Tür und traten ein. Im Inneren der Werkstatt war die Luft trocken und schmeckte nach Staub. Sonnenlicht fiel durch fast blinde Fenster. Überall wurde geklopft und gehämmert. Mit Meißeln bewaffnete Zwerge rackerten sich an Steinblöcken ab, die doppelt so groß waren wie sie selbst. Zwei von ihnen, die Zwillinge sein mochten, huschten um eine riesige, auf einem Holzgerüst ruhende Marmorkugel und wischten sie mit feinen Putzlappen blank.

»Willkommen, meine Freunde!«, rief ein anderer Zwerg mit rauer Herzlichkeit.

Eilig kam er näher, wobei er sich die Hände an seiner braunen Lederschürze abwischte. Darunter trug er ein Wams, das seine muskulösen Oberarme freiließ, und eine Hose aus grober Schurwolle. Auf den rechten Oberarm waren Hammer und Meißel tätowiert. An seinen Füßen befanden sich schwere Stiefel mit Stahlkappen. Seine Haare waren voller Steinstaub – auch die in der Nase. Der Lärm und das Durcheinander in der Werkstatt schienen ihm nichts auszumachen.

»Mein Name ist Rurzak Erzfinder«, fuhr er fort, als er die drei erreicht hatte. »Ich bin der Besitzer dieser feinen Werkstatt. Was kann ich für euch tun?«

Sando erklärte ihm, dass Gump sie geschickt habe und dass sie mehr über die Verbotenen Hügel zu erfahren hofften.

Das Gesicht des Zwergs verdüsterte sich. Seine Begeisterung über den Besuch nahm deutlich ab, nun, da er wusste, dass es sich nicht um Kundschaft handelte. Tatsächlich hatte Sando den Eindruck, als wolle der Zwerg sie am liebsten ganz schnell wieder loswerden.

»Mhm«, sagte Rurzak, als Sando fertig war. »Ihr kommt also von Gump …« Sein Blick ging ins Leere. Irrte sich Sando, oder lag plötzlich Angst in seinen Augen?

Ein dumpfer Schlag, ein mahlendes Geräusch und dann ein furchtbares Poltern rissen den Jungen aus seinen Gedanken. Als er sich umdrehte, weiteten sich seine Augen. Die schwere Marmorkugel war von ihrem Ständer gefallen und einmal quer durch die Werkstatt in eine Gruppe aus neun Steinstatuen gerollt, die nun kreuz und quer am Boden lagen. Die beiden Zwergenzwillinge saßen derweil neben dem Holzgerüst auf ihren Hintern im Staub und sahen sich entsetzt an.

»Ups«, sagte der eine.

»Hoppla«, sagte der andere.

Dieser Zwischenfall schien das Fass zum Überlaufen zu bringen. Rurzak hatte schon vor dem Unfall ängstlich gewirkt, nun aber war er der Panik nahe. »Bei allen Erzadern!«, rief er mit zitternder Stimme. Dabei fasste er sich an die Brust, als fände er dort inneren Halt. »Wollt ihr mich ins Grab bringen, ihr Wahnsinnigen?«

»'tschuldigung, Meister«, murmelte der linke Zwerg.

»Tut uns echt leid«, fügte sein Bruder hinzu.

»Eigentlich sollte es vor allem dir leid tun«, fand der erste. »Immerhin bist du schuld.«

»Ich?«, fuhr der zweite auf. »Wieso ich?«

»Du hast das Kantholz weggetreten.«

»Das *eine* Kantholz. Aber wo war das Sicherungsholz, das du noch hättest anbringen sollen?«

»Sicherungsholz? Davon hast du vorhin nichts gesagt.«

»Habe ich doch.«

»Hast du nicht.«

»Haltet den Mund!«, befahl Rurzak und raufte sich den Bart. Er deutete zur Tür. »Raus, alle beide. Ich will euch heute nicht mehr sehen.« Er drehte sich um und winkte eine Gestalt herbei, die bisher allein in der hintersten Ecke der Werkstatt gesessen hatte. »Krxl! Sei so nett und räum das hier auf, ja? Wenn das so weitergeht, fallen mir noch die Barthaare aus …«

Sando sah Tomrin und Hanissa an. »Krx-*was*?«, fragte er leise, doch seine Freunde schüttelten nur ratlos den Kopf.

Die Gestalt trat näher – und Sando traute seinen Augen nicht! Das war kein Lebewesen, sondern *auch* eine Statue. Oder? Jedenfalls war das Wesen riesig und schien ganz aus dunklem Stein zu bestehen. Auf einem klobigen, unbekleideten Körper mit zwei Armen und zwei Beinen saß ein quadratischer Kopf.

»Ein Steinfresser«, flüsterte Hanissa. »Ich hab noch nie einen in echt gesehen.«

Sando begriff.

Steinfresser waren sehr seltene Wesen. Selbst in den bunt bevölkerten Straßen Bondingors, wo nahezu alles vertreten war, was in Mintaria lebte, begegnete man ihnen kaum. Sie galten als einfältige Arbeiter, die nur fürs Grobe zu gebrauchen waren. Am liebsten hielten sie sich in Höhlen oder Gebirgen auf, denn ihre Leidenschaft war es, Steine zu zerbeißen.

»Wundere dich nicht zu sehr, Menschenkind«, sagte Rurzak, dem Hanissas Überraschung nicht verborgen geblieben war. »Krxl ist kein gewöhnlicher Vertreter seines Volkes. Normalerweise eignen sich Steinfresser nicht für die feine Arbeit an Grabsteinen und Statuen. Aber er ist anders.«

»Mag Kunst«, ergänzte das hünenhafte Wesen. Seine Stimme klang, als würden zwei Mühlsteine aufeinanderreiben. Mit Händen wie Bratpfannen griff es nach den umgefallenen Statuen und richtete sie wieder auf. »Mag Sorgfalt. Mag Marmor.« Krxl grinste und entblößte ein Gebiss aus Zähnen, das glitzerte wie eine Diamantader im Felsgestein.

»Ich beschäftige ihn als Lehrling und lasse ihn Büsten und Statuen aus Marmorblöcken knabbern«, sagte Rurzak zu den drei Freunden. »Selbst ich bekomme das mit Hammer und Meißel nicht besser hin als er mit seinen Zähnen.« Er lachte – offensichtlich hatte er sich wieder beruhigt. »Und schöner sowieso nicht.«

Der Steinfresser nickte zufrieden, ging zurück in seine Ecke und biss herzhaft in ein Stück Granit.

»Was die Verbotenen Hügel angeht …«, sagte Hanissa vorsichtig. Sie schien Rurzak wieder an den Grund ihres Besuches erinnern zu wollen. »Könnt Ihr uns mehr über diese Gegend sagen, Herr Erzfinder?«

Rurzaks gute Laune verschwand, so schnell wie sie wiedergekommen war. »Nein«, sagte er knapp.

»Aber Gump meinte …«

»Gump weiß, dass ich vor etwa zwanzig Jahren dabei war, als wir Zwerge erneut in den Verbotenen Hügeln gruben«, unterbrach sie der Steinmetz schroff, »Aber er weiß *nicht*, was ich dort erlebt habe und wie schlimm und unheimlich es war. Wie dankbar ich für jeden Tag bin, an dem ich nicht an diese grauenvolle Zeit erinnert werde.« Dabei warf er den dreien einen finsteren Blick zu. »Es war falsch von uns, dort zu graben. Ganz falsch. Wir hätten es besser wissen sollen – und wir bezahlten einen hohen Preis für unsere frevlerische Tat. Das verfolgt mich bis heute im Schlaf …«

Tomrin, Hanissa und Sando sahen sich an. Mit einem Mal wussten sie nicht mehr, was sie sagen sollten.

»Bestell deinem Onkel einen lieben Gruß, Sando«, fuhr Rurzak Erzfinder fort. »Aber richte ihm auch Folgendes aus: Wenn ihm unsere Freundschaft etwas wert ist, wird er mich nie wieder wegen der Verbotenen Hügel behelligen. Verstanden?«

Sando versprach, die Botschaft zu überbringen. Dann wandten sich die drei Freunde zum Gehen, schweigend und niedergeschlagen. Sando kam sich richtig mies vor, den armen Steinmetz mit seiner Vergangenheit behelligt zu haben, die dieser offenkundig vergessen wollte.

Als die drei aus der Werkstatt traten, kam ihnen Fleck fröhlich entgegengelaufen. Seine goldenen Schuppen strahlten im Sonnenschein.

»Und jetzt?«, fragte Tomrin. »So leid mir Herr Erzfinder auch tut: Bortha braucht unsere Hilfe – egal, ob die Zwerge nun mit uns sprechen wollen oder nicht!«

»Die Verbotenen Hügel, ja?«, drang plötzlich eine neue Stimme an Sandos Ohr. Sie klang ganz tief und rau. So musste es sich anhören, wenn Krxl sich am Kopf kratzte. »Für so etwas interessiert sich die Jugend von heute, ja?«

Die Freunde aus der Drachengasse drehten sich um. Auf einer Bank neben dem Eingang zur Werkstatt saß ein Zwerg und genoss die wärmenden Sonnenstrahlen. Er war nahezu vollständig in dunkles Leder gekleidet. Sein schlohweißes Haar war so wirr, die Augenbrauen so buschig und der Bart so voll, dass sein Gesicht kaum noch zu erkennen war. Obwohl er saß, umklammerten seine knotigen Hände den Knauf eines Gehstocks.

Hanissa hatte ihre Überraschung als Erste überwunden. »Wisst Ihr denn mehr über dieses Gebiet, Herr …?«

»Erzfinder, meine Kleine«, antwortete der Zwerg. »Hennruk Erzfinder lautet mein Name. Dieser Weichling von einem Zwerg da drin ist mein Sohn.« Er griff in die Tasche seines Wamses und brachte ein Stück Obst zum Vorschein, das er Fleck hinhielt. Der kleine Drache zögerte nicht. Dankbar schnappte er es ihm aus der Hand. »Wenn ihr wirklich erfahren wollt, was sich jenseits der *Schwelle* abgespielt hat, dann fragt nicht so junge Burschen wie Rurzak. Fragt die Zwerge, die sich noch daran erinnern, wie das alles angefangen hat.«

»Zwerge wie Euch, Herr?«, hakte Tomrin nach.

Hennruk lächelte. »Du bist nicht dumm, mein Junge. Ja, Zwerge wie mich. Aber wir sollten nicht hier reden – gibt nur Ärger, wenn sich mal jemand traut, den Mund aufzumachen.« Er schloss die Augen und lehnte sich genießerisch zurück. »Kommt heute am frühen Nachmittag in den Luttenpark. Dann sehen wir weiter.« Er seufzte wohlig. Es war offensichtlich, dass er die Unterhaltung für beendet hielt.

Hanissa, Tomrin und Sando bedankten sich und gingen. Auf dem Rückweg zu ihrem Geheimversteck wandte sich Tomrin an Sando: »Luttenpark? Wo ist denn das?«

»Im Zwergenviertel«, antwortete Sando. »Keine Sorge, ich kenne den Weg. Kommt einfach nach dem Essen wieder zur BRANDUNG, dann gehen wir zusammen hin.«

Hanissa und Tomrin versprachen es. Vielleicht war ihr Besuch in der Werkstatt doch nicht ganz umsonst gewesen.

KAPITEL 4
Drei vom alten Eisen

Die Sonne strahlte hell vom wolkenlosen Himmel, als Tomrin sich nach dem Mittagessen in GUMPS BRANDUNG wieder mit Hanissa, Fleck und Sando traf.

Gump war gerade damit beschäftigt, einige hungrige Hafenarbeiter mit seinem Fleischeintopf nach Art des Hauses zu versorgen. Daher winkte er Tomrin und Hanissa nur kurz zu, als sie beinahe zeitgleich die Schenke betraten, um Sando abzuholen.

»Aber heute Abend, mein Junge, bist du hier und hilfst mir ein wenig«, ermahnte er seinen Neffen. »Zwei große Handelsschiffe aus dem Osten sind vorhin eingetroffen. Sobald die ihre Ladung gelöscht haben, wird es hier hoch hergehen.«

»In Ordnung, Onkel Gump«, rief Sando, dann schob er seine beiden Freunde zur Tür hinaus.

»Schnell, bevor ihm noch andere Arbeiten für mich einfallen«, raunte er.

Die drei Freunde liefen am Ufer des Fleet entlang durch das Hafenviertel. Über eine mächtige, hölzerne Klappbrücke gelangten sie auf die andere Seite des Flusses. Kurz darauf erreichten sie das Zwergenviertel, eines des größeren Viertel Bondingors, das im hügeligen Südosten der Stadt lag. Dort lebte ein Großteil der Zwergenklans, die sich im Laufe der letzten knapp zweihundert Jahre südlich des Fleets angesiedelt hatten.

Die Zwerge waren die zweitgrößte Bevölkerungsgruppe Bondingors, gleich nach den Menschen. Das machte sie noch selbstbewusster, als sie ohnehin schon waren. Und sie waren eigenbrötlerisch. Der Steinrat der Zwerge hatte den Baronen von Bondingor zwar Gefolgschaft geschworen, kümmerte sich aber dennoch gern selbst um seine Angelegenheiten. Die Zwerge blieben am liebsten unter sich. Sie hatten im Grunde nichts gegen die anderen Völker Bondingors, aber direkt Tür an Tür mit ihnen wollten die meisten dann doch nicht wohnen.

Tomrin, der noch nie hier gewesen war, glaubte eine vollkommen andere Welt zu betreten, als er mit Hanissa und Sando das Zwergenviertel erreichte. Auf einmal wurde alles um sie herum kleiner und gleichzeitig irgendwie massiver. Die Straßen waren überall mit Kopfstein gepflastert. Die gedrungenen Häuser bestanden aus dickem, grauem Bruchstein und hatten schwarze Schieferdächer. Kunstvolle Steinmetzarbeiten zierten Türen und Fenster. Grün sah man fast gar nicht, dafür alle erdenklichen Schattierungen von Braun und Grau.

Auf den Straßen waren Hunderte von Zwergen unterwegs. Sie schoben Karren mit Werkzeug vor sich her, schleppten Einkäufe oder Fässer mit gutem Zwergenbier nach Hause oder standen Pfeife rauchend beisammen und unterhielten sich mit lauten Stimmen.

In Tomrins Augen sahen sie alle gleich aus: klein, kräftig und – zumindest die Männer – unglaublich bärtig. Die meisten trugen schwere, robuste Kleidung. Und mehr als einer hatte einen offenen Helm auf dem breiten Schädel oder trug irgendwelche Rüstungsteile – so, als wolle er in den Krieg ziehen.

Unter Sandos Führung erreichten sie nach einer Weile den Luttenpark.

»Das soll ein Park sein?«, entfuhr es Tomrin.

Die weitläufige, freie Fläche hatte nicht die geringste Ähnlichkeit mit dem grünen, von mächtigen, uralten Bäumen überschatteten Großen Park von Bondingor. Stattdessen glich der Luttenpark einer flachen Kiesgrube, die von kreisrunden Wegen durchzogen war. An ihren Rändern standen einige knorrige Bäume mit ausladenden Ästen, aber kaum Blattwerk.

»Zwerge haben es eben nicht so mit Grünzeug«, sagte Sando achselzuckend. »Aber sie lieben Steine.«

Das war in der Tat unübersehbar. Irgendein Gärtner – wenn man ihn denn Gärtner nennen konnte – hatte den Kies fein säuberlich zu Mustern aus dunklen und hellen, kleinen und großen Steinen angeordnet. Darüber hinaus waren die wenigen Bäume von Kreisen aus fein behauenem Stein eingefasst. Es gab breite Bänke und Statuen von Drachen, Greifen und Mantikoren. Und in der Mitte des Parks erhob sich ein prächtiger steinerner Springbrunnen. Sein Wasser sammelte sich in einem weiten Becken.

Staunend blickten sich die drei Freunde um. Je genauer man hinschaute, desto mehr feine Steinmetzarbeiten konnte man überall entdecken. Doch sie waren nicht gekommen, um sich im Luttenpark die Zeit zu vertreiben.

»Dort drüben«, rief Hanissa. »Da sitzt Herr Erzfinder.« Sie deutete auf eine Ecke mit drei Bänken unweit des Springbrunnens, um die einige der knorrigen Bäume standen. Auf einer der Bänke hockten drei Zwerge, die kaum weniger knorrig als die Bäume in ihrem Rücken aussahen. Einer von ihnen war Hennruk Erzfinder. Neben ihm saß ein beleibter Zwerg mit graubraunem Haar und einem kleinen Zwicker auf der dicken Nase. Er trug eine braune Hose und ein dunkelblaues Wams mit Silbernieten. Der Dritte im Bunde war vollständig in gehärtetes, braunes Leder gekleidet und trug trotz der sommerlichen Hitze ein knielanges Kettenhemd und metallene Unterarmschienen. Neben ihm lehnte ein verschnürtes Bündel, das verdächtig nach einem in Stoff gewickelten Kriegshammer aussah. Sein prachtvoller, eisengrauer Bart war zu Zöpfen geflochten.

Sandos Augen wurden groß. »Das kann doch nicht wahr sein …«, murmelte er fassungslos.

»Was hast du?«, erkundigte sich Tomrin.

Sein Freund zeigte auf den Zwerg in der Rüstung. »Das … Das ist Gumrak Eisenschild«, stotterte er.

»Gumrak wer?«, fragte Hanissa.

»Gumrak Eisenschild«, wiederholte Sando. »Der große Zwergenheld. Man sagt, er habe fünf Trolle mit bloßen Händen besiegt. Er ist jahrelang durch Mintaria und die benachbarten Reiche gezogen und soll auf seinen Reisen die unglaublichsten Dinge erlebt haben.«

Hanissa zuckte mit den Schultern. »Von dem habe ich noch nie gehört.«

»Was?« Sando starrte sie ungläubig an. »Den kennt doch jeder, nicht wahr, Tomrin?«

»Ich glaube, mein Vater hat mal davon erzählt, dass so ein Zwergenheld nun wieder in der Stadt sei«, gab Tomrin vorsichtig zurück. »Ich weiß noch, dass er darüber gar nicht so glücklich war. Er befürchtete, dem Zwerg könnten irgendwelche alten Feinde folgen: Schwarzmagier oder Untotenfürsten und solche Leute.«

»Schwarzmagier …« Hanissa schnaubte leise. »Nun werdet mal nicht albern.«

»Was ist daran albern?«, wollte Tomrin wissen.

Das Mädchen stemmte die Hände in die Hüften. »Es gibt keine Schwarzmagier«, sagte sie in belehrendem Tonfall. »Zumindest keine, die lange, dunkle Umhänge tragen, violette Fingernägel haben und von einem buckligen Diener begleitet werden. Das sind dumme Ammenmärchen.«

»Na, du musst es ja wissen«, spottete Tomrin. »Wie oft bist du in letzter Zeit außerhalb von Bondingor auf Abenteuerreise gewesen?«

Hanissa blickte ihn finster an.

»He, seht mal«, unterbrach Sando ihren Streit. »Dort vorne passiert irgendetwas.« Er nickte in Richtung der drei Zwerge, vor denen soeben eine große Gruppe kleiner, grünbrauner Wesen aufmarschierte.

Die Kerlchen hatten breite Froschgesichter, struppiges Haar, und die eine Hälfte trug schwarze, die andere hellbraune Leibchen. Darüber hinaus hatten sie seltsam geformte Helme auf dem Kopf und ein Sammelsurium hölzerner Prügel geschultert. In beinahe militärischer Strenge stellten sich die Schwarzen und die Hellbraunen einander gegenüber auf der Fläche vor den Bänken auf. Erst jetzt bemerkte Tomrin, dass dort ein Muster aus acht mal acht Feldern in den Boden eingelassen war.

»Sind das Gnorkels?«, wunderte sich Hanissa.

»Sieht so aus«, bestätigte Tomrin mit einem Nicken.

Gnorkels waren kleine, für gewöhnlich nicht sonderlich schlaue Geschöpfe, die sich bevorzugt im Hafen- und im Vielvölkerviertel herumtrieben. Sie gingen meist keiner richtigen Arbeit nach, sondern lungerten in Gassen und Hinterhöfen herum, wo sie sich von dem ernährten, was die anderen Bürger Bondingors wegwarfen.

Die drei alten Zwerge schienen kurz zu diskutieren, dann deutete Hennruk Erzfinder mit einer großzügigen Geste auf seine zwei Gefährten und lehnte sich gemütlich zurück. Der beleibte Zwerg klatschte tatendurstig in die Hände. Gumrak Eisenschild beugte sich mit grimmiger Miene vor.

»Kommt, wir gehen näher heran«, schlug Sando vor.

Während die drei Freunde auf die Zwerge zutraten, begannen diese mit etwas, das ein Spiel mit lebenden

Spielfiguren zu sein schien. Abwechselnd gaben Gumrak und der beleibte Zwerg Befehle, und die Gnorkels bewegten sich daraufhin kreuz und quer über das Spielfeld. Noch schienen beide Spieler mit dem Aufbau ihrer Angriffsreihe beschäftigt zu sein. Zumindest hatten sie bislang keine schwarzen und hellbraunen Gnorkels gegeneinander ausgespielt.

»Guten Tag, Herr Erzfinder«, begrüßte Tomrin den Vater des Steinmetzes.

Der alte Zwerg wandte sich um, und seine Miene hellte sich auf. »Ah, die Menschenkinder. Seid willkommen. Setzt euch zu uns, ja? Brüder, das sind …« Er stockte und kratzte sich am Bart. »Ich fürchte, ich habe eure Namen vergessen.«

»Ich bin Tomrin. Das sind meine Freunde Hanissa und Sando. Und das ist unser zahmer Flugdrache Fleck.«

»Mächtig erfreut, mächtig erfreut«, sagte Hennruk mit freundlichem Nicken. Er beugte sich vor und tätschelte Fleck mit einer schwieligen Hand die Schnauze. »Du bist ein guter kleiner Drache, ja?« Fleck quäkte freudig. Der Zwerg lehnte sich wieder zurück und deutete auf seine Begleiter. »Das sind meine alten Grubenkameraden, Amblin Steinbart und Gumrak Grünstein.«

»Verzeihung, aber heißt Ihr nicht Eisenschild?«, wagte Sando den Zwergenheld zu fragen.

Dieser warf ihm einen finsteren Blick zu. »Ist nur mein Kampfname«, brummte er. »Eigentlich heiße ich Grünstein. Das ist natürlich kein Name für einen Helden. Ich wäre euch also dankbar, wenn ihr ihn nicht verraten würdet – anders als dieses Kieselhirn von einem Grubenkameraden hier!« Er warf einen schnellen Blick zu Hennruk hinüber.

»Potzdonner. Ich wusste doch, dass ich irgendetwas geheim halten sollte.« Hennruk Erzfinder kratzte sich am Bart. »Dann war es also nicht die Geschichte mit der Schwester von …«

»Hennruk!«, fuhr Gumrak Eisenschild auf.

»Schon gut, schon gut, ich bin still, ja?«

»Das will ich auch hoffen«, knurrte der Zwergenheld. Er deutete auf seine schwarzen Gnorkels. »He, Schildknecht auf G5. Rüber mit dir auf F4!«

»Mit Vergnügen, oh Meister«, erwiderte das Kerlchen, bevor es sich mit breitem Grinsen dem genannten Feld zuwandte, auf dem einer der hellbraunen Gnorkels stand.

»Oh je, oh je«, quietschte dieser und zog den behelmten Kopf zwischen die Schultern.

Sein schwarz gekleideter Angreifer hob seine Holzkeule und marschierte auf ihn zu. Einen Augenblick lang sah es so aus, als würde er seinem schmächtigeren Gegner einfach die Keule auf den Schädel hauen.

Doch im letzten Moment wich dieser plötzlich aus, hob dann flink seine eigene Waffe und schlug dem Schwarzen damit in die Seite.

»Uff«, entfuhr es dem Getroffenen.

Sein Gegner brach in keckerndes Gelächter aus. »Reingefallen, Dumpfbirne.«

»Steinschlag und Gerölldonner«, fluchte Gumrak, als sein Gnorkel vom Spielfeld schlurfte. »Wer hat dir denn Kämpfen beigebracht? Nicht einmal einen Schildknecht kannst du schlagen!«

»Verzeiht mir, oh Meister«, murmelte der Gnorkel betreten. »Higgn ist krank. Ich spiele zum ersten Mal.«

Gumrak grummelte etwas in seinen Bart, das Tomrin lieber nicht verstehen wollte.

»Paladin von F1 auf H3«, sagte Amblin Steinbart und verschränkte zufrieden schmunzelnd seine Arme vor dem rundlichen Bauch.

»Herr Erzfinder, Ihr wolltet uns doch etwas mehr über die Verbotenen Hügel erzählen«, erinnerte Hanissa ihn. »Was ist damals dort geschehen?«

Der alte Zwerg pochte mit seiner Stockspitze auf den Steinboden zwischen seinen Füßen. »Potzdonner, das wollte ich, ganz richtig.«

»Du willst den Menschenkindern von den frühen Jahren berichten?«, fragte Amblin neugierig. Auf seinem Gesicht machte sich ein versonnener Ausdruck breit. »Ach ja, das waren Zeiten.«

»Dreckszeiten waren das«, versetzte Gumrak. »Man sollte gar nicht darüber sprechen. Paladin von F8 auf D6.«

»Doch, ich finde, das sollte man«, widersprach Hennruk erstaunlich bestimmt. »Und sei es nur deshalb, um unsere Nachfahren davor zu bewahren, die gleichen Sünden zu begehen wie wir, ja?«

»Geh nicht so hart mit uns ins Gericht, Hennruk«, sagte Amblin. »Wir waren jung. Wir wussten es nicht besser. Belagerungsturm von A1 auf A4.« Auffordernd winkte er einem der Gnorkels zu.

»Wir waren vor allem eins: gierig!«, knurrte Gumrak. »Das ist der einzige Grund, warum wir heute eine Mauer um einen Teil unserer alten Siedlung errichtet haben. Und die muss ständig bewacht werden. Paladin von D6 auf F4. Jetzt ist dein Schildknecht dran, Amblin!«

Der Paladin räusperte sich blechern unter seinem verzierten Topfhelm. »Äh, Verzeihung, oh Meister, aber das würde ich nicht machen.«

Gumrak funkelte ihn gereizt an. »Und warum nicht? Hast du etwa Angst vor diesem Schildknecht auf F4?«

»Das nicht, aber vor dem Belagerungsturm auf A4«, gab der Paladin zurück.

»Steinschlag noch mal, das ist ungerecht«, rief Amblin entrüstet. Er wedelte mit seinem Zeigefinger mahnend durch die Luft. »Die Figuren dürfen dem Spieler nicht helfen.«

»Genau, du Kübelkopf«, schimpfte der Belagerungsturm von der anderen Seite des Spielfelds.

»Halt bloß den Mund, Ignaggl, sonst führe ich den Zug aus und warte darauf, dass der Dickwanst, den du Meister nennst, dich auf mein Feld schickt.« Drohend hob der Paladin eine hölzerne Waffe, die an einen Streitkolben erinnerte.

»Ach ja? Das kannst du haben!« Der Belagerungsturm blickte Amblin an. »Ich darf doch, oder?«, fragte er. Dann marschierte er quer übers Spielfeld, ohne auf die Antwort zu warten. Dabei stieß er einen schwarzen Schildknecht zur Seite, der ihm im Weg stand.

»He, du bist wohl verrückt geworden!«, beschwerte sich dieser.

Hennruk seufzte. »Aus dem Grund spiele ich so ungern Gnorkelschach«, raunte er.

»Was war denn nun wirklich damals los?«, wiederholte Hanissa ihre Frage von vorhin.

»Lasst uns ein Stück gehen, ja?«, sagte der alte Zwerg und erhob sich ächzend. »Schlagt euch nicht die Schädel ein, bis ich zurück bin, Brüder.«

Dann wies er mit seinem Stock den Weg hinunter, den Tomrin, Hanissa, Fleck und Sando gekommen waren. Und während hinter ihnen ein furchtbares Gezeter unter den Gnorkels ausbrach, führte er die vier langsam davon.

»Bringt euer Drache eigentlich Sachen, ja? Stöckchen und so?«, fragte Hennruk nach ein paar Schritten neugierig, hob dabei einen am Boden liegenden Ast auf, hielt ihn Fleck vor die Nase und warf ihn dann quer über den Kiesplatz.

Fleck sah dem Wurfgeschoss zwar kurz nach, zeigte aber keinerlei Interesse, ihm hinterherzulaufen.

»Wir üben noch«, gestand Hanissa seufzend. »Ich würde ihm schon gerne ein paar Tricks beibringen, aber er ist störrisch.«

Hennruk schmunzelte. »Oh ja, das sind sie. Ich hatte selbst mal einen Hausdrachen vor dreißig Jahren. Der ließ sich von mir auch nichts erzählen. War noch sturer als ich, und ich bin ein Zwerg. Niemand ist sturer als Zwerge. Na ja, fast niemand.« Er brummte versonnen in seinen Bart hinein.

»Ihr wolltet uns von den Verbotenen Hügeln erzählen«, erinnerte ihn Tomrin zaghaft.

Der alte Zwerg nickte. »Richtig, richtig. Es fing alles vor etwa hundertachtzig Jahren an. Damals kamen die ersten Zwergenklans nach Bondingor, das in jenen

Tagen noch eine recht kleine Stadt war. Es gab den Flusshafen und die Altstadt, den Palast der Baronenfamilie, und ein paar Elfen lebten im angrenzenden Wald.« Er spuckte auf den Boden. Von Elfen schien er nicht viel zu halten.

»Das habt Ihr bereits miterlebt?«, fragte Tomrin ungläubig.

»Oh ja, ich war einer der Zwerge, die in die Stadt kamen. Ich war noch ein Zwergenjunge, mein Bart war nicht länger als zwei Fingerbreit.« Hennruk Erzfinder lachte leise, als er sich daran erinnerte. Doch dann wurde er rasch wieder ernst. »In den Hügeln waren seltene Erze gefunden worden: Gold, Tiefensilber und Valoran-Kristall. Alles sehr wertvoll, ja? Wir beabsichtigten, uns dort anzusiedeln, und der damalige Baron von Bondingor gab seinen Segen dazu – unter der Voraussetzung, dass ein Teil der geförderten Bodenschätze in seine Schatzkammern wandern würde.«

»Und Ihr wart einverstanden«, mutmaßte Sando.

»Ja, das waren wir«, sagte Hennruk nickend, während er sie langsam den kreisrunden Weg durch den Luttenpark entlangführte. »Wir fingen an, Stollen zu graben, denn wir wollten unsere ganze Siedlung unter Tage anlegen. Zwerge leben gerne im Schoß der Erde, müsst ihr wissen. Unsere größten Städte, weit im Westen, liegen unter gewaltigen Gebirgen.« Der alte Zwerg seufzte. »Aber Gumrak hat recht. Wir waren zu gierig. Wir gruben zu schnell, und eines Tages kam es zu einem furchtbaren Stolleneinsturz, bei dem ein ganzer Klan verschüttet wurde – fast einhundert Zwerge. Obwohl wir sie alle gemeinsam vielleicht hätten retten können, widmeten wir uns lieber dem Wettgraben nach einer großen Valoran-Ader.« Hennruk blieb stehen und sah die drei Freunde ernst an. »Wir überließen unsere Mitzwerge ihrem Schicksal. Natürlich redeten wir uns ein, sie seien ohnehin tot. Aber tief in unseren Herzen wussten wir, dass wir uns selbst belogen. Ja, irgendwann waren sie natürlich tot. Aber nicht die Erde hatte sie getötet. Sondern wir.«

Tomrin schluckte. Davon hatte er noch nie gehört. Wahrscheinlich gab es außerhalb des Zwergenviertels nicht viele Leute, die überhaupt von diesem dunklen Kapitel in der Geschichte Bondingors wussten.

»Doch unser schlechtes Gewissen wurde zu unserem Fluch, ja? Als weitere Unfälle geschahen, machte sich Aberglaube breit. Die Klanältesten glaubten, die Geister der Verschütteten wollten uns bestrafen. Diese Angst trieb uns schließlich an die Oberfläche – bei all den Toten wollte niemand mehr leben.«

»Ich verstehe das nicht«, meldete sich Hanissa zu Wort. »Was hat das mit den Verbotenen Hügeln zu tun? Das Zwergenviertel, wie es heute ist, gab es damals doch noch gar nicht.«

»Warte ab, Mädchen«, brummte Hennruk. »Dazu komme ich gleich. Wir zogen also an die Oberfläche und gründeten dort oben eine Siedlung, ja? Die Goldadern, die wir in geringer Tiefe gefunden hatten, genügten, um uns ein Leben zu ermöglichen. Und als sie erschöpft waren, wurden wir Steinmetze, Waffenschmiede, Bierbrauer – all das, was wir Zwerge eben auch gut können.« Die Miene des alten Zwergs verfinsterte sich. »Beinahe hundertsechzig Jahre gingen ins Land. Viele der Alten starben, und die Jungen, die heranwuchsen, interessierten sich nicht für irgendwelche Geister aus der Tiefe. Mutige Erzfinder, darunter auch mein Sohn, drangen erneut unter die Erde vor. Und sie entdeckten dort die alten Höhlen, die wir gut eineinhalb Jahrhunderte zuvor gegraben hatten. Natürlich gab es auch die alten, nicht vollständig ausgebeuteten Erzadern noch. Die Aussicht auf reiche Beute machte unsere Söhne leichtsinnig. Und dann geschah das Furchtbare …«

»Was?«, fragte Tomrin atemlos. »Was geschah?«

Hennruk Erzfinder beugte sich zu ihnen herab. Mit wilden Augen und gerunzelten Brauen blickte er sie an. »Wieder starben Zwerge. Erst einer, dann ein weiterer, bald waren es ein Dutzend. Und es wurde noch schlimmer. Sogar an der Oberfläche kam es zu Opfern. Mehr als nur ein Zwerg verschwand spurlos, wurde des Nachts aus seinem Haus geraubt und ward nie mehr gesehen. Darunter waren vor allem die Nachkommen jener Klans, die ihren verschütteten Gefährten damals nicht geholfen hatten. Uns allen war klar: Der Leichtsinn unserer Söhne hatte die Geister der Vergangenheit geweckt, die Geister aus der Tiefe. Und nun nahmen sie fürchterliche Rache an uns.«

Tomrin sah, wie Sando erbleichte. »Oh nein …«, murmelte der Junge. Zweifellos dachte er an Bortha.

»Was habt Ihr dagegen unternommen?«, wollte Hanissa wissen.

Hennruk zuckte mit den Achseln. »Das, was ihr heute seht, Kinder. Wir gaben die Straßen direkt über den Stolleneingängen auf und verschanzten uns hinter einer zweiten Stadtmauer, der *Schwelle*. So ist es nun seit fast zwanzig Jahren.«

»Habt Ihr denn niemals versucht, die Geister zu bekämpfen?«, hakte Tomrin nach.

»Einmal«, antwortete Hennruk. »Ein Trupp Wagemutiger drang in die Stollen vor. Darunter waren auch zwei meiner Neffen. Keiner von ihnen tauchte jemals wieder auf.« Einen Moment lang verfiel der alte Zwerg in Schweigen. »Wie ihr seht, tragen die Verbotenen Hügel ihren Namen zu Recht. Es ist eine gefährliche

Gegend, eine böse Gegend. Die Zwerge fürchten und meiden sie. Das kann ich sogar verstehen. Ich verstehe jedoch *nicht,* warum keiner darüber sprechen will. Aus früheren Fehlern kann man lernen. Wenn wir alle schweigen, werden schon in wenigen Jahren die nächsten Zwerge alt genug sein, um voller Neugierde unter die Erde zu ziehen. Und dann fängt das alles von vorne an.«

»Bloß nicht«, sagte Tomrin unbehaglich.

»Wohl wahr«, brummte Hennruk. Die Miene des alten Zwergs wurde wieder freundlicher. »Aber vielleicht kommt auch alles anders. Dass sich jetzt schon die jungen Menschen für die Geschichte der Zwerge interessieren, gibt mir Hoffnung. Vielleicht sind auch unsere Jüngsten bald bereit, auf das zu hören, was wir Alten zu erzählen haben …«

Unterdessen waren sie zur Bank und dem Gnorkelschachfeld zurückgekehrt. Amblin und Gumrak saßen mit zufriedenen Gesichtern beisammen und rauchten Pfeife. Auf dem Spielfeld lagen zweiunddreißig Gnorkels kreuz und quer übereinander und stöhnten leise vor sich hin.

»Ah, ich sehe, ihr habt das Spiel zu einem raschen Ende gebracht, ja?«, rief Hennruk fröhlich.

Gumrak Eisenschild grinste. »Wir haben uns auf ein Patt geeinigt.«

»Vielen Dank für Eure Hilfe, Herr Erzfinder«, sagte Hanissa. »Wir müssen nun weiter. Es war uns eine Freude, Euch kennengelernt zu haben.«

»Ganz meinerseits«, erwiderte der Zwerg. »Wenn ihr mal wieder Zeit habt, besucht uns doch hier, ja? Wir drei haben noch viel zu erzählen.«

»Das werden wir bestimmt«, versprach Tomrin.

Mit diesen Worten verabschiedeten sich die drei Freunde und liefen mit Fleck in Richtung Parkausgang zurück.

»Was für eine Geschichte«, murmelte Tomrin, kaum dass sie außer Hörweite waren. »Da wird einem ganz anders.«

»Allerdings«, pflichtete ihm Sando bei. »Wir müssen Bortha so schnell wie möglich suchen gehen. Diese ganzen Spukgeschichten gefallen mir gar nicht.«

»Der alte Zwerg hat sicher ein bisschen übertrieben«, glaubte Hanissa. »Das hoffe ich zumindest.« Das Mädchen rieb sich über die sommersprossige Nase. »Aber sagt mal: Fandet ihr auch, dass es bei den drei alten Kerlen ziemlich streng gerochen hat?«

Tomrin und Sando blickten sich verblüfft an. »Worauf du immer achtest«, staunte Tomrin. »Das waren bestimmt ihre ungewaschenen Bärte. Oder vielleicht riechen alte Leute? Bei den ganzen greisen Magiern an der Universität müsstest du das doch am Besten wissen.«

Hanissa lächelte. »Na, die riechen höchstens mal nach schief gegangenen Experimenten.«

Unwillkürlich warf Tomrin einen Blick in Richtung der Magischen Universität. Am Himmel über den sechzehn Türmen hing eine orangefarbene Rauchwolke.

Kapitel 5
… und nichts als die Wahrheit

Halt, stehen bleiben!«

Hanissa sah sich um. Wer brüllte denn hier so laut durch die Gegend?

»Halt, habe ich gesagt!«

Über den Kiesplatz eilten drei Zwerge auf sie zu. Ihre langen Bärte wehten bei jedem Schritt hin und her. Die Zwerge waren neben der schweren Uniform, die sie trugen, auch noch mit Holzhämmern, Armbrüsten und Rundschilden bewaffnet. Es musste sehr mühsam sein, derart bepackt durch die Hitze zu rennen!

»Schaut nur, wie sie sich anstrengen«, sagte Tomrin anerkennend zu seinen Freunden. »Sie verfolgen bestimmt irgendeinen Verbrecher.«

Hanissa blickte sich im Park um. Weit und breit konnte sie nur Vögel, spielende Zwergenjungen und Herrn Erzfinders Schachkumpane ausmachen. Verbrecher sahen anders aus … Die Einzigen, die nicht so ganz ins Bild passten, waren Hanissa und ihre Freunde! »Wartet mal«, sagte sie zögernd und hielt an. »Meinen die etwa uns?«

»So … Puh… Endlich«, keuchte der Vorderste der drei Zwerge, als er Hanissa, Tomrin und Sando erreichte. Sein Gesicht war gerötet, und sein Atem ging stoßweise. Rechts und links von ihm kamen seine Kollegen zum Stehen und legten wie beiläufig die Hände an die Hämmer.

»Können wir Euch helfen?«, fragte Tomrin und sah die drei erstaunt an. Auf der Brust ihrer dunklen Uniformen prangte ein silbernes Emblem. Es zeigte einen Hammer und eine Axt, die überkreuz lagen.

Das Abzeichen der Zwergenwehr! Hanissa war bereits in Büchern darauf gestoßen. Die Zwergenwehr sorgte in diesen Straßen für Recht und Ordnung. Dabei ging sie ziemlich eigenständig vor. Obwohl das im Grunde nicht erlaubt war. Aber die Stadtgarde sah darüber hinweg, solange Ruhe im Viertel herrschte.

»Helfen?«, fragte der vorderste Zwerg zurück. »Ihr Bälger könnt zur Seite treten, sonst seid ihr wegen Behinderung der Zwergenwehr fällig, klar?« Es war offenkundig, dass er keinen Wert auf Freundlichkeiten legte.

Hanissa, Tomrin und Sando sahen sich mit großen Augen an. Dann neigte Hanissa den Oberkörper und griff nach Fleck, der fröhlich schnaubend neben ihr im Staub hockte. Schweigend tat sie, wie geheißen, und die Jungen folgten ihr.

»Du nicht, Halbzwerg«, zischte einer der Wehrmänner. Mit gehässigem Grinsen zog er den Hammer aus dem Gürtel und deutete damit auf Sando, der verdutzt innehielt. »Du bist doch dieser Waisenjunge, richtig? Wegen dir sind wir hier.«

»Sando, Mündel von Gump aus dem Klan der Wasserheber?«, fuhr der vorderste Zwerg ungerührt und in barschem Tonfall fort. »Wohnhaft im Hafenviertel?« Dabei sah er den Jungen an, als sei ihm noch nie etwas Abscheulicheres begegnet. Obwohl der Zwerg aufblicken musste, um Sando in die Augen zu schauen, wirkte er ziemlich einschüchternd.

Sando nickte. Zu mehr war er vor lauter Ratlosigkeit nicht fähig.

»Mitkommen«, verlangte der Zwerg. »Du bist hiermit verhaftet.«

Verhaftet? Hanissa traute ihren Ohren kaum. Das musste ein Missverständnis sein. »Verzeihung, Herr, aber Ihr irrt Euch sicherlich. Meine Freunde und ich …«

Der linke Zwerg machte einen Schritt auf sie zu. »Schweig, Menschenkind. Sonst nehmen wir dich auch mit.«

Hanissa schluckte. Zu ihren Füßen begann Fleck, leise zu zischen. Ihm war natürlich nicht entgangen, wie grob diese Wehrmänner mit seinen Freunden umgingen. Lange würde er sich das Spiel nicht mehr anschauen, das ahnte Hanissa. Entweder würde er zu einem völlig aussichtslosen Angriff übergehen oder Angst bekommen und sich hinter einem der vielen Felsen im Park verstecken. *Oder noch schlimmer: Er verwandelt sich. Dann haben wir* richtige *Probleme …*, dachte sie.

»Und pfeif deinen Drachen zurück, klar?«, verlangte der rechte Zwerg. »Schätze, es ist sowieso nicht erlaubt, am helllichten Tag mit so einem Vieh durch die Gegend zu spazieren.«

»Dieser Drache gehört uns«, sagte Tomrin mit fester Stimme. »Baron Berun persönlich hat ihn uns anvertraut.«

»Kümmert mich gar nicht«, blaffte der Zwerg. »Von mir aus kann ihn Berun euch geschenkt und mit goldenem Schleifchen um den Hals vor die Haustür gesetzt haben. Was da oben im Palast geschieht, hat für uns hier im Viertel wenig Bedeutung.«

Tomrin hob entrüstet die Brauen. »Wie könnt Ihr es wagen? Berun ist der Herrscher über die ganze Stadt.

Sein Wort ist überall Gesetz. Das Zwergengebiet macht da keine Ausnahme.«

»Das glaubt vielleicht dein Berun, Bürschlein«, erwiderte der Zwerg mit gehässigem Grinsen.

»Wehrmann Grombur, reißt Euch zusammen«, fuhr ihn sein Begleiter tadelnd an. »Wir haben wichtigere Dinge zu tun, als uns mit Kindern zu streiten.«

»Verzeiht, Oberwehrmann.« Der Zwerg senkte untertänig den behelmten Kopf und schwieg.

»Also, Sando Wasserheber, oder wie immer du dich nennen magst«, sagte der erste Zwerg und funkelte den Jungen grimmig an. »Kommst du freiwillig mit, oder müssen wir dich in Ketten legen?« Dabei spielten die Finger seiner rechten Hand mit einer kurzen Kette, die ihm vom Gürtel hing. Zwei Schellen befanden sich an ihren Enden, gerade groß genug für Handgelenke.

»Mitkommen?« Sando sah von einem Zwerg zum anderen. Obwohl er noch ein wenig unsicher klang, hatte er sich wieder gefasst. »Wohin?«

»Na, auf die Wache, natürlich«, erwiderte der Zwerg. »Du bist verhaftet, wie ich bereits sagte.«

»Weswegen?« Sando schüttelte leicht den Kopf. »Ich habe nichts getan.«

»Darüber wird Wehrmeister Granitschleifer entscheiden«, sagte der Zwerg unbeeindruckt. Abermals klimperte er mit den Kettengliedern. »Letzte Warnung, Junge: Begleitest du uns freiwillig, oder muss ich dich zwingen?«

Sando nickte knapp. »Gehen wir.« Für seine Freunde, die ihn sprachlos anstarrten, hatte er nicht einmal mehr einen Blick übrig.

Hanissa ahnte, dass er den Mutigen nur spielte. Vermutlich wäre er am liebsten weggelaufen. Andererseits wussten die Zwerge, wo er wohnte – es hätte also ohnehin nichts gebracht.

Sofort kamen die anderen zwei Zwerge herbei und nahmen Sando in ihre Mitte. Dann gingen sie los, der Oberwehrmann voraus und die Wachen mit dem Gefangenen hinterher.

»Ihr habt kein Recht, Leute zu verhaften!«, rief Tomrin und schritt ebenso furcht- wie ratlos neben ihnen her. »Auch im Zwergenviertel hat allein die Stadtgarde das Sagen. So will es das Gesetz.«

Hanissa legte Fleck einen Arm um den Hals, um ihn unter Kontrolle zu halten, und eilte der Gruppe nach. Der kleine Drache fauchte und sah den Wehrmännern wütend hinterher.

»In diesen Straßen sind *wir* das Gesetz, Menschlein«, brummte der Oberwehrmann und schnaubte abfällig. Dann breitete er die Arme in einer großen Geste aus. »Sieh dich ruhig um: Du wirst hier niemanden finden, der auch nur auf die Idee käme, Ritter Ronan und seine Sattelknaben zu rufen, wenn etwas geschieht. Zwerge bleiben unter sich, und sie sorgen füreinander.«

Hanissa schluckte. Das passte zu dem, was sie bisher über diese Gegend und ihre Bewohner erfahren hatte. Und es machte Sandos Lage noch schlimmer.

»Sattelknaben?«, wiederholte Tomrin. Je länger er den Beleidigungen des Oberwehrmanns zuhörte, desto mehr schwand sein Respekt vor diesen Zwergen, das sah ihm Hanissa an. »Was fällt Euch ein, so von der Stadtgarde zu sprechen? Von Männern, die im Dienste des Barons stehen?«

Der Oberwehrmann hielt an, drehte sich zu Tomrin und kam näher, bis seine Nasenspitze fast die des Jungen berührte. »Wenn du die Stadtgarde so toll findest, Kleiner«, grollte er, »warum bist du dann hier statt deinen Helden die Stiefel zu putzen? Die freuen sich sicher über einen eifrigen Diener wie dich.«

Tomrin stand der Mund offen. Einen Moment lang war er so verblüfft, dass ihm die Worte fehlten.

»Lass gut sein, Tomrin«, bat Sando leise.

»Von wegen.« Tomrin hatte sich wieder gefangen. »Ich bin Tomrin von Wiesenstein, Sohn des Hauptmanns der Stadtgarde. Und ich *weiß*, dass Ihr so nicht mit Sando umgehen dürft.« Entschlossen sah er den Oberwehrmann an, obwohl ihm dabei ziemlich mulmig sein musste. Er lehnte sich ganz schön weit aus dem Fenster, Hauptmannssohn hin oder her. Wäre er nicht so wütend gewesen, hätte er es wahrscheinlich nie gewagt, so respektlos mit einem Erwachsenen zu sprechen.

»Ritter Bärenherz ist dein Vater?« Grombur nahm überrascht die Hand vom Hammer.

Sein Vorgesetzter warf ihm einen warnenden Blick zu. Es gefiel ihm ganz offensichtlich nicht, dass Grombur schon wieder ungefragt den Mund aufmachte. Aber auch er schien überrascht zu sein.

Bei der Erwähnung des Ehrennamens, den sein Vater sich durch viele Heldentaten erworben hatte, schien Tomrin einen Kopf größer zu werden. Triumphierend – wenn auch ein wenig bleich um die Nase – stand er da.

Doch seine Herkunft reichte nicht aus, um den mürrischen Oberwehrmann zum Einlenken zu bewegen. »Von wem du abstammst, interessiert mich nicht, Bursche«, sagte er. »Wenn es dir nicht passt, dass wir deinen Freund mitnehmen, darfst du von mir aus gern nach Hause laufen und Bärenherz alarmieren. Aber bis der mit seinen Mannen hier aufkreuzt, gehört dieser Halbzwerg uns. Und mehr Zeit brauchen wir auch nicht, um ihn uns vorzunehmen.« Dann wandte er sich wieder an seine Begleiter: »Wehrmann Grombur, Wehrmann Zarrek? Wir gehen weiter. Was dieser

Ritterssohn macht, hat uns nicht zu kümmern, klar? Wir haben unsere Befehle, und die führen wir aus. So einfach ist das.«

Die beiden anderen Zwerge nickten.

Und so einfach schien es wirklich zu sein, wie Hanissa erschrocken feststellte. Sie, Tomrin und Fleck begleiteten den Trupp auf Schritt und Tritt. Noch zweimal wies Tomrin auf seinen Vater und das ungesetzliche Verhalten der Zwerge hin. Zweimal kümmerten sie sich nicht um seine Worte.

Ihr Marsch dauerte eine knappe Viertelstunde und führte durch Straßen, in denen sich Hanissa allein nie zurechtgefunden hätte. Während der ganzen Zeit sagte Sando kein Wort. Selbst Fleck, der ihn mehrfach aufmunternd am Bein stupste, beachtete er nicht.

Schließlich erreichten sie ein aus dunklem Stein gemauertes, schmuckloses Gebäude, dessen wenige Fenster vergittert waren. Oben an der Dachkante zog sich ein Kranz aus dicken Zinnen entlang, hinter denen ein Wehrgang liegen musste.

Es sieht aus wie eine kleine Festung, dachte Hanissa. *Oder eine Trutzburg. Die trotzige Trutzburg der trotzigen Zwergenwehr.*

»Von mir aus könnt ihr mit reinkommen«, knurrte der Oberwehrmann und sah Tomrin und Hanissa an. »Ist ein freies Land, soweit ich weiß.«

Sie ahnte, dass er das nur sagte, weil er es mit Bärenherz' Sohn zu tun hatte.

Keine zwei Minuten später standen die Freunde im Wachhaus – und Sando war gefangen!

Das Zimmer war klein, stickig und fensterlos. An der Decke hingen rußige Öllampen als einzige Lichtquelle. Davon abgesehen befanden sich im Zimmer ein kleiner Tisch, drei Stühle und außer Sando noch drei Personen. Es waren Zwerge. Und sie wirkten ganz schön unfreundlich. Einer von ihnen stand schweigend und mit vor der breiten Brust verschränkten Armen an der Tür, als wolle er aufpassen, dass Sando keinen Fluchtversuch unternahm. Die Axt, die zu seinen Füßen an der Wand lehnte und deren Blatt im Schein der Öllampen funkelte, sprach Bände.

Sando schluckte, obwohl er eigentlich schon brenzligere Situationen gemeistert hatte. Auch wenn er nicht einmal wusste, was man ihm vorwarf, sah seine Lage gar nicht gut aus.

»Du bist also der Bursche, der bei diesem Gump haust.« Es war eine Feststellung, keine Frage. Wehrmeister Bondrok Granitschleifer beugte sich vor und stützte die Ellbogen auf die Tischplatte. Sein durchdringender Blick heftete sich auf Sando. »Bei diesem

Verrückten, den es immer eher ans Wasser als zu den Steinen zog.«

Sando schwieg. Was sollte er auch sagen?

»Wo warst du eigentlich in der letzten Nacht, Halbzwerg?«, fuhr Bondrok fort. Sein Grinsen hatte etwas Angriffslustiges. »Zu Hause jedenfalls nicht, hab ich gehört.«

Gehört? Sandos Gedanken überschlugen sich. Hatte ihn etwa jemand bei der Wehr angeschwärzt? Einer der Grubenjungs?

»Es heißt, du hättest etwas mit dem Verschwinden von Bortha aus dem Klan der Wasserheber zu tun«, sagte Bondrok im Plauderton. »Der Ärmste ist letzte Nacht nämlich durch ein Loch in der *Schwelle* gekrochen und nicht mehr wiedergekommen.«

»Wie sollte er auch?«, murmelte sein Nebenmann, der sich als Wehrmann Robat vorgestellt hatte. Während Bondrok aggressiv und streitlüstern auftrat, blieb Robat die Ruhe selbst. Er sah nicht einmal auf, sondern schien voll und ganz damit beschäftigt zu sein, sich nachdenklich über den buschigen schwarzen Bart zu streichen. »Von da kehrt niemand zurück.«

»Zumindest niemand, der noch lebt«, sagte Bondrok bedrohlich leise. »Schluss mit den Spielchen, Sando: Wir wissen genau, was geschehen ist! Bortha sollte eine Mutprobe bestehen, um in deine Bande aufgenommen zu werden. Eine Mutprobe, die ihn höchstwahrscheinlich das Leben gekostet hat – und die deine Idee war!«

Daher wehte also der Wind. Sando kochte innerlich vor Wut, aber er wunderte sich nicht. Irgendjemand, der letzte Nacht dabei gewesen war, hatte der Wehr alles verraten. Und um nicht selbst als Schuldiger dazustehen, hatte dieser Jemand die Schuld auf Sando geschoben. *Auf den Halbzwerg,* wie die Wehrmänner ihn genannt hatten. *Auf den, der sowieso kein* richtiger *Zwerg ist. Auf den Außenseiter.*

Das konnte Sando nicht auf sich sitzen lassen! »Es ist nicht *meine* Bande und es war nicht *meine* Idee«, stellte er richtig. Es waren die ersten Worte, die er überhaupt sagte, seit man ihn hergeführt hatte.

»Da haben wir aber etwas anderes gehört«, knurrte Bondrok.

»Dann wurdet Ihr belogen!«

»Oder du belügst uns.« Bondrok sah ihn finster an. »Du warst an der *Schwelle.* Und damit bist du schuld an Borthas Verschwinden!«

Sando fluchte innerlich. Hatte es überhaupt einen Sinn, sich noch zu verteidigen? Die drei Wehrleute schienen ihr Urteil doch längst gefällt zu haben. Doch so leicht würde er nicht klein beigeben. »Na und? Ist jetzt noch wichtig, wer genau schuld ist? Bortha braucht unsere Hilfe, und ich versuche wenigstens, ihm zu helfen. Was macht Ihr? Wenn Ihr Euch so um Bortha sorgt, warum seid Ihr dann hier und redet nur? Warum marschiert Ihr nicht längst durch die Verbotenen Hügel und *sucht* nach Bortha?«

Sando hatte sich in Wut geredet, und seine Worte hatten anklagender geklungen, als er gewollt hatte. Aber das verschlechterte seine Lage vermutlich auch nicht mehr.

Bondrok warf ihm einen warnenden Blick zu. »Wir sind nicht lebensmüde, Bursche. Die Verbotenen Hügel sind verflucht. Und mit dieser Mutprobe letzte Nacht hast du vermutlich alles noch schlimmer gemacht.«

»Schlimmer?«, fragte Sando. »Worauf wollt Ihr eigentlich hinaus?«

Der Wachmann an der Tür verlor die Fassung. »Na, die Geister aus der Tiefe!«, rief er. »Was, wenn ihr Kinder sie durch euer törichtes Verhalten erzürnt habt? Was, wenn sie nicht länger auf ihrer Seite der Barriere bleiben, sondern das ganze Viertel heimsuchen?«

Die haben Angst! Sando staunte, ließ sich aber nichts anmerken. *Die tun so, als wollten sie mir ans Leder, aber in Wahrheit zittern sie in ihren Kettenhemden.*

»Das darf nicht passieren, sonst …« Robat verschlug es die Sprache. Der Zwerg konnte nur noch den Kopf schütteln.

Bondrok sah Sando eindringlich an. »Du musst uns alles sagen, was geschehen ist. Was habt ihr gesehen? Was habt ihr gehört?«

Auf einmal verstand Sando, was sich hier abspielte. *Die wollten mir nur Angst machen, damit ich mit zur Wache komme und ihnen von den Geistern erzähle. Die* können *mich gar nicht verhaften. Dafür bräuchte nämlich sogar die Zwergenwehr mehr als nur ein falsches Geständnis.* »Was würde das ändern?«, fragte er langsam. »Wir haben grünes Licht in den Gassen gesehen und Heulen zwischen den Häusern gehört. Und jetzt? Rettet Ihr jetzt Bortha?«

Niemand antwortete. Grimmiges Schweigen erfüllte den Raum.

»Kann ich dann jetzt gehen? Ihr wolltet mich doch nur aushorchen. Ihr dürft mich hier gar nicht festhalten, oder?«

Bondrok funkelte Sando wütend an, sagte aber noch immer nichts. Dem Wehrmeister stand die Angst vor den Geistern deutlich ins Gesicht geschrieben, und der Zorn über Sandos Verhalten gleich dazu.

Sando stand auf, trat zur Tür und ging.

In der Wache herrschte emsiges Treiben. Zwerge mit bis zu den Knien reichenden Rauschebärten eilten von einem Amtszimmer ins nächste. Im Waffenraum am Ende des Ganges, in dem Tomrin und Hanissa standen, putzte ein besonders bärbeißig aussehender Zwerg Äxte, Schwerter und ein paar Morgensterne. Dabei nahm er immer wieder tiefe Schlucke aus einem steinernen Krug, in dem sich Bier zu befinden schien. Die Luft roch nach Schweiß, Gerstensaft und ungewaschenen Haaren.

Fleck tapste neugierig den Gang auf und ab, sah in jedes offene Zimmer und huschte unter Tische und Stühle. Die Wehrmänner taten so, als störte sie seine Anwesenheit nicht. Die Kunde über Tomrins Herkunft schien bereits die Runde gemacht zu haben.

Dann kam Sando aus dem Verhörzimmer. Er lächelte schwach und war sehr blass. Schweißperlen glitzerten auf seiner Stirn.

»Und?«, fragte Hanissa. Sie wusste nicht, was sie sonst sagen sollte. Ihr gingen einfach zu viele Fragen durch den Kopf.

Sando umarmte sie kurz. Sie spürte, wie sein Herz wie wild pochte. »Die haben Angst«, flüsterte er ihr ins Ohr. »Die wollten von mir nur mehr über letzte Nacht erfahren.«

»Soll das heißen, du bist frei?«, fragte Tomrin ungläubig, der einen Teil mitgehört hatte.

»Jedenfalls hat mich noch keiner aufgehalten«, antwortete Sando leise. »Und jetzt lasst uns verschwinden, bevor die es sich anders überlegen.«

Hanissa rief Fleck, der sofort herbeieilte. Gemeinsam verließen sie das Gebäude. Niemand hinderte sie daran.

»Und jetzt?«, fragte Tomrin, als sie wieder draußen im Sonnenschein standen. »Wird die Zwergenwehr nach Bortha suchen?«

Sando schüttelte traurig den Kopf. »Nein, ich fürchte, es gibt nur vier Personen in ganz Bondingor, die den Kiesel retten können – und das sind wir!«

Kapitel 6
Ein guter und ein schlechter Plan

»Also schön, jetzt wissen wir, was die Zwerge in den Verbotenen Hügeln angestellt haben und was sie über die Gegend denken«, fasste Tomrin die Lage zusammen, als Hanissa, Sando und er durch das Zwergenviertel schlenderten. »Was jetzt? Gehen wir endlich rein und suchen nach dem armen Bortha?«

Sando schob sich eine Strähne seines schwarzen Haars aus dem Gesicht. Er wirkte alles andere als glücklich, was Tomrin ihm nicht verdenken konnte. Wer wurde schon gerne am helllichten Tage von irgendwelchen Zwergenwachen festgenommen? »Das wird nicht so leicht sein, fürchte ich.«

»Wie meinst du das?«, wollte Hanissa wissen.

»Die Nachricht von Borthas Verschwinden macht bereits die Runde im Viertel. Irgendjemand hat den Wehrleuten erzählt, dass er gestern Nacht durch die Verbotenen Hügel gelaufen ist. Das versetzt sie in helle Aufregung.«

»Kein Wunder«, sagte Hanissa. »Sie machen sich Sorgen um Bortha!«

Sando verzog das Gesicht. »Wenn es nur das wäre. Vor allem haben sie Angst, dass er die Geister aus der Tiefe geweckt hat. Sie fürchten, dass noch mehr Zwerge getötet oder geraubt werden. Deshalb werden sie die *Schwelle* bewachen wie eine Stadtmauer, vor der ein Heer von Feinden aufmarschiert ist. Es wird verflixt schwer werden, da ungesehen durchzukommen. Tagsüber wird es vollkommen unmöglich sein.«

»Schleichen wir uns eben im Schutze der Nacht hinein«, sagte Tomrin. »Dann kann ich vorher noch nach Hause laufen und mein Schwert holen.«

Sando kratzte sich am Kopf. Fleck legte den Kopf schief und gab ein lang gezogenes Quäken von sich.

»Was ist los, Sando?«, erkundigte sich Hanissa. »Dich beschäftigt doch noch etwas anderes.«

»Hm …« Sando blieb stehen und sah Tomrin und Hanissa unsicher an. »Habt ihr mal darüber nachgedacht, dass die Zwerge vielleicht recht haben? Dass es wirklich Geister in den Verbotenen Hügeln geben könnte? Feindselige Geister? Nach allem, was passiert ist und was Erzfinder und seine Freunde erzählt haben, weiß ich wirklich nicht mehr, was ich denken soll.«

Tomrin zog die Brauen hoch. Eigentlich hatte er darüber noch nicht nachgedacht – nicht ernsthaft zumindest. Er schaute fragend zu Hanissa hinüber. Geister waren übernatürliche Geschöpfe, und für alles Übernatürliche war ihre Expertin für Magie zuständig.

Hanissa schwieg einen Moment lang. Gedankenvoll kaute sie auf ihrer Unterlippe. »Also eins ist klar: Es gibt Geister. Ehrlich gesagt kenne ich sogar einen.«

Die beiden Jungen starrten das Mädchen verblüfft an. »Was?«, entfuhr es Tomrin.

»Na ja, er ist Lehrer an der Magischen Universität. Sein Name ist Magister Huibur, und er lehrt lustigerweise ausgerechnet Geisterkunde.« Hanissa wedelte mit der Hand jede weitere Frage beiseite. »Aber das ist jetzt nicht so wichtig. Ich wollte damit nur sagen: Es ist möglich, dass in den Verbotenen Hügeln wirklich Geister umgehen. Die Geschichte, die uns Herr Erzfinder erzählt hat, kann einen schon auf solche Gedanken bringen …« Sie warf Tomrin einen mitleidigen Blick zu. »Und wenn das stimmt, werden wir mit einem Schwert nicht viel ausrichten können, fürchte ich. Geister lassen sich nicht durch gewöhnliche Waffen verletzen.«

»Von mir aus, aber irgendetwas müssen wir doch jetzt unternehmen«, brauste Tomrin auf. Er hasste es, ständig nur zu reden, statt etwas zu tun.

»Ja, klar«, pflichtete Hanissa ihm bei. »Ich sage nur, dass wir andere Waffen brauchen: *magische* Waffen.«

Diese Worte waren Musik in Tomrins Ohren. »Magische Waffen?«, wiederholte er. »Glaubst du, du könntest mein Schwert und Sandos Dolch verzaubern?«

»Natürlich nicht«, dämpfte Hanissa seine Begeisterung. »Denkst du, die Magier lassen Schriftrollen, in denen derart mächtige Zaubersprüche stehen, einfach so herumliegen? Abgesehen davon ist es unglaublich kompliziert, magische Gegenstände herzustellen, die dauerhaft wirken. Wäre das anders, würde ja jeder mit verzauberter Ausrüstung herumlaufen.«

»Aber was meintest du dann damit, magische Waffen besorgen zu wollen?«

»Ich meinte, dass ich mich nach irgendetwas in der Bibliothek umschauen werde, das uns ein kurzer Schutz gegen Geister sein kann«, erklärte Hanissa. »Vielleicht hilft mir Magister Huibur sogar dabei.«

»Ich halte es für keine gute Idee, noch mehr Leute in das alles einzuweihen«, meldete sich Sando zu Wort.

»Keine Sorge«, sagte Hanissa grinsend. »Mir wird schon etwas einfallen, wie ich ihn um den Finger wickeln kann. Die meisten Magier hören sich so gerne reden, dass es nicht schwer sein dürfte, Huibur ein paar Dinge zu entlocken. Ich fürchte nur, ich werde dazu eine Tasse seines ekligen Spinnenbeintees trinken müssen.« Sie verzog angewidert das Gesicht.

Tomrin schüttelte sich. »Spinnenbein…?« Er legte seiner Freundin eine Hand auf die Schulter. »Nissa, wir werden deine Tapferkeit nie vergessen«, sagte er feierlich.

»Also warten wir, bis Nissa die Zaubermittel gegen Geister beschafft hat, und dann geht es los?«, fragte Sando.

Tomrin nickte. »Wann ist der beste Zeitpunkt, um durch die *Schwelle* zu schleichen?«

Sein Freund überlegte. »Kurz nach dem Morgengrauen. Wenn mich nicht alles täuscht, haben die Aufpasser auf dem Wehrgang dann Wachwechsel. Und ich kenne eine Lücke in der *Schwelle*, die von den Ausgucken ziemlich weit weg ist.« Sando zögerte. »Ich hoffe nur, dass sie noch nicht entdeckt und gestopft wurde«, fügte er hinzu.

In diesem Augenblick schlich sich ein beunruhigter Ausdruck auf Hanissas Züge. »Tomrin, Sando, ich glaube, wir kriegen noch mehr Ärger.«

Fleck gab ein Zischen von sich.

»Wieso?«, fragte Tomrin und wandte sich um. Er erblickte vier junge Zwerge, die sich ihnen mit entschlossenen Schritten näherten. Sie waren mit Spaten, Spitzhacken, einer Rolle Tau und zwei Laternen ausgerüstet und hatten grimmige Mienen aufgesetzt. »Oha. Noch mehr Freunde von dir, Sando.«

»Du wirst lachen, aber das sind tatsächlich Freunde von mir«, sagte Sando. »Zumindest waren sie das gestern Nacht noch … Das sind Wonkar, Grimbak, Thimon und Tumril von den Grubenjungs.«

»Du bist Mitglied einer *Zwergen*bande?«, wunderte sich Hanissa.

»Ja, ob du es glaubst oder nicht«, antwortete Sando etwas schärfer als nötig. »Ich hatte schon Freunde, *bevor* ich euch kennenlernte.«

»Schon gut, Sando«, sagte Tomrin. »Ich glaube, Nissa ist nur überrascht, dass die Zwerge einen Menschen in ihre Reihen aufgenommen haben.«

»Ach so.« Der Hafenjunge wirkte kurz verlegen. »Ist eine längere Geschichte. Die erzähle ich euch irgendwann mal.«

»He, Sando!«, rief der Zwergenjunge, den er als Wonkar vorgestellt hatte. »Gut, dass wir dich treffen.« Die vier Zwerge bauten sich vor Tomrin, Hanissa, Sando und Fleck auf. Sie wirkten nicht feindselig, sondern eher aufgekratzt – wild entschlossen und ängstlich zugleich. Der Kleinste von ihnen, Thimon, sah respektvoll zu Fleck hin.

Wonkar hingegen bedachte Tomrin und Hanissa mit einem abschätzigen Blick. Dann wandte er sich wieder an Sando. »Hätte nicht gedacht, dass sie dich so schnell wieder rauslassen«, sagte er.

»Du weißt, dass ich verhaftet wurde?«, fragte Sando.

»Ja, und ich bin nicht froh darüber, dass dich andere Grubenjungs so in Schwierigkeiten gebracht haben«, erwiderte Wonkar. »Urbin und Umbrin, diese feigen Stoppelbärte, haben uns verpfiffen. Und offenbar haben sie dir alle Schuld in die Stiefel geschoben. Natürlich habe ich die Verräter gleich aus der Grube verbannt.« Er spuckte auf den Boden, und Grimbak, Thimon und Tumril schlossen sich ihm an.

»Und was habt ihr jetzt vor?«, fragte Sando. Er deutete auf die Gerätschaften, die die Zwerge dabeihatten. »Ihr seht aus, als wolltet ihr unter die Erde.«

»Wir gehen Bortha suchen!«, rief Thimon begeistert.

»Psst. Nicht so laut«, ermahnte ihn Wonkar. Verstohlen sah er sich um, doch keiner der zufällig vorbeigehenden Zwerge warf ihnen mehr als einen kurzen Blick zu. »Aber der Kurze hat recht. Wir sind nicht stolz auf das, was gestern geschehen ist, Sando. Wir haben einen von uns im Stich gelassen, weil wir feige waren. Aber Grubenjungs sind nicht feige. Sonst hätten wir kein Recht, von einem neuen Mitglied wie Bortha eine Mutprobe zu verlangen. Und deshalb werden wir jetzt in die Verbotenen Hügel gehen und unseren Freund zurückholen.« Wonkar packte seine Spitzhacke fester.

Tomrin und Hanissa wechselten einen raschen Blick. Hatten sie nicht gerade die gleichen Pläne geschmiedet?

»Ich bin froh, dass ihr so denkt«, sagte Sando lächelnd. Ungeachtet des Verrats, den die beiden Brüder begangen hatten, schien es ihm viel zu bedeuten, dass seine Zwergenfreunde und er wieder am selben Strang zogen. »Aber, hör mal, Wonkar, geht noch nicht.«

»Was soll das heißen, Sando? Bist auf einmal du der Feigling?«

»Sando ist nicht feige, sondern klug«, mischte sich Hanissa trotzig ein.

Wonkar bedachte das Mädchen mit einem Blick, der alles andere als schmeichelhaft war. »Was weißt denn du davon, Prinzesschen?«, knurrte er.

»Nenn sie nicht Prinzesschen«, fuhr Tomrin ihn an. Irgendwie konnte er Wonkar nicht leiden. Warum genau, wusste er selbst nicht. »Sie kann mehr als ihr alle zusammen.«

»So?« Wonkar musterte Hanissa erneut. »Was denn zum Beispiel?«

»Na ja, sie kann zum Beispiel …« In diesem Augenblick bemerkte Tomrin Hanissas vernichtenden Blick und hielt abrupt inne. Beinahe hätte er sich verplappert und verraten, dass seine rothaarige Freundin verbotenerweise Magie beherrschte. »Äh …« Tomrin geriet leicht ins Schlingern.

»Drachen zähmen«, half ihm Sando mit einem dünnen Lächeln aus. Er deutete auf Fleck, der sich gerade mit dem linken Bein am Ohr kratzte und wie ertappt aufschaute.

»Genau. Und sie hat nicht irgendeinen Drachen gezähmt. Wisst ihr, was es mit diesem Drachen auf sich hat?« Tomrin zeigte ebenfalls auf Fleck, der nun verwirrt zwischen Sando und ihm hin- und herschaute. Offenbar wollten die Menschen etwas von ihm, aber er schien sich nicht ganz sicher zu sein, was.

»Nein«, antwortete Wonkar gedehnt und sah Tomrin herausfordernd an.

»Gut so«, mischte sich Hanissa streng ein. »Denn das müsst ihr auch gar nicht wissen.« Sie schoss erneut einen warnenden Blick in Tomrins Richtung, der zu sagen schien, dass es jetzt genug war mit der Aufschneiderei.

Ich wollte ja nur helfen, dachte Tomrin, machte den Mund aber nicht wieder auf.

Sando berührte den Zwerg an der Schulter und lenkte so dessen Aufmerksamkeit wieder auf sich.

»Also, Wonkar, ich sage es noch mal: Geht nicht sofort in die Verbotenen Hügel. Wartet auf uns. Wir müssen etwas holen und wollten uns dann im Morgengrauen durch die *Schwelle* schleichen.«

»Wir haben alles, was man braucht, Sando. Sieh doch her.« Der Anführer der Grubenjungs deutete auf seine schwer beladenen Freunde.

»Tau, Spaten, Laternen …« Sando schüttelte den Kopf und sah Wonkar zweifelnd an. »Gut für eine Reise hinunter in die Stollen. Aber was habt ihr gegen die Geister aus der Tiefe?«

»Geister?«, entfuhr es dem kleinen Thimon etwas zu schrill.

»Es gibt keine Geister«, sagte der Zwergenjunge namens Grimbak. Doch Tomrin war die Unruhe in seinen Augen nicht entgangen, als Sando die Geister erwähnt hatte.

»Das hier.« Wonkar griff in den Ausschnitt seines Lederwamses und holte ein Amulett hervor. Es handelte sich um eine etwa handtellergroße silberne Scheibe. Zwergische Runen waren darauf eingraviert, und ein fahlweißer Schimmer ging von dem Metall aus.

»Ein Schutzamulett«, murmelte Hanissa neben Tomrin leise.

Der Junge beugte sich zu ihr hinüber. »Wird das helfen?«

Das Mädchen runzelte die Stirn. Dann schüttelte sie kaum merklich den Kopf. »Ihm vielleicht«, flüsterte sie, »aber seinen Freunden hilft es nicht.«

»Schönes Schutzamulett«, sagte Tomrin lauter. »Aber es wird euch niemals alle beschützen. Ihr braucht mehr als nur das, wenn ihr wirklich Geistern begegnet. Wir wissen, wo man wirksame Waffen besorgen kann.«

Wonkar wandte sich Tomrin zu. »Woher solltet ihr das wissen?«, fragte er misstrauisch.

»Das kann ich dir nicht sagen. Du musst mir einfach vertrauen.«

»Pah, wieso sollte ich? Ich kenne dich gar nicht, Menschenjunge.«

»Weil Tomrin mein Freund ist«, schaltete sich Sando ein. »Und er sagt die Wahrheit. Kommt schon, Grubenjungs. Wartet nur noch bis zum Morgengrauen. Bis dahin sind wir bestens vorbereitet. Dann ist es sicherer. Morgen früh gehen wir alle zusammen los, um Bortha zu suchen.«

»Und wenn es dann zu spät ist?«, fragte Wonkar. Seine Augen funkelten.

Sando senkte leicht den Kopf und presste die Lippen zusammen. »Machen wir uns nichts vor: Es könnte jetzt schon zu spät sein. Aber wenn er noch lebt, dann lebt er in ein paar Stunden auch noch, da bin ich mir sicher. Falls er von Geistern verschleppt wurde, dürfen wir sowieso nicht unvorbereitet losstürmen, um ihn zu retten. Sonst enden wir noch wie er.«

»Ich finde, wir sollten auf Sando hören, Wonkar«, meldete sich der hünenhafte Zwergenjunge zu Wort, den Sando als Tumril vorgestellt hatte.

»Ja, komm, wir warten auf Sando und seine Freunde«, rief Thimon. »Ich will die Geisterwaffen sehen, die sie haben.«

In Wonkars bärtiger Miene arbeitete es sichtlich. Tomrin konnte sich gut vorstellen, was im Kopf des Zwergenjungen vorging. Er hatte sicher den halben Tag mit sich gerungen, ob er die Grubenjungs zu dieser Rettung zusammenrufen sollte – und die andere Hälfte hatte er damit verbracht, ihnen Mut zuzusprechen, damit sie ihm in die Verbotenen Hügel folgten. Und nun waren sie endlich dazu bereit, loszuziehen, da kam Sando daher und versuchte es ihnen wieder auszureden.

»Gut, Sando«, presste Wonkar schließlich zwischen zusammengebissenen Zähnen hervor. »Ich vertraue dir. Wir warten bis zum Sonnenaufgang. Aber damit eins klar ist: Wenn ihr dann nicht da seid, gehen wir ohne euch hinein!« Er trat einen Schritt auf Sando zu, bis die beiden Jungen Nasenspitze an Nasenspitze standen. »Und wenn Bortha was passiert ist, nur weil wir gewartet haben, prügle ich dich windelweich.«

Sando nickte ernst. »Glaub mir, Wonkar: Wenn Bortha was passiert ist, bin ich der Erste, der mir eine runterhaut. Wo treffen wir uns?«

»Kennst du die Steinhauergasse südlich des Luttenparks?«, fragte der Anführer der Grubenjungs.

Erneut nickte Sando.

»Wir treffen uns am südlichen Ende, bei der Ruine von Boltans Waffenkunst.«

»Du meinst die alte Schmiede?«

»Genau.«

Mit einem raschen Blick versicherte sich Sando, dass Tomrin und Hanissa einverstanden waren. »Wir werden da sein«, sagte er anschließend.

Wonkar wandte sich an sein Gefolge. »Grubenjungs! Wir ziehen ab.«

»Bis morgen früh, Sando«, verabschiedete sich Thimon lächelnd. »Und ärgere dich nicht mehr wegen Urbin und Umbrin. Die gehören ab heute nicht mehr zu uns.«

»Schon in Ordnung, Kiesel«, sagte Sando lächelnd und knuffte ihm freundschaftlich gegen die Schulter. »Bis morgen früh.«

Die vier Zwerge machten sich davon.

»Dieser Wonkar geht gerne mit dem Kopf durch die Wand, hm?«, bemerkte Hanissa mit einem schelmischen Seitenblick auf Sando.

Der grinste. »Das muss er, sonst wäre er nicht der Anführer.«

»Grubenjungs ... Ich wusste gar nicht, dass du so gerne unter der Erde herumkriechst.«

Sando warf Hanissa einen spöttischen Blick zu. »Ist nicht anders, als sich in alten Bibliotheken herumzutreiben: dunkel und muffig ... und äußerst spannend!«

»Kommt«, sagte Tomrin. »Wir haben noch viel vor uns, wenn wir schon in wenigen Stunden magische Waffen haben wollen. Machen wir uns an die Arbeit.«

KAPITEL 7

Spürechsen und Geisterbomben

Der Fleet glitzerte im Schein der Nachmittagssonne, als Tomrin, Hanissa, Sando und Fleck ein zweites Mal die mächtige Klappbrücke überquerten, die das Zwergenviertel mit dem Hafenviertel verband. Im Flusshafen vor ihnen waren die Masten der neu eingetroffenen Schiffe zu sehen, und fernes Rufen zeugte davon, dass das Löschen der Ladung in vollem Gange war.

»Wisst ihr, was mir noch etwas Sorgen macht?«, fragte Hanissa, während sie sich langsam GUMPS BRANDUNG näherten.

»Du meinst außer all dem, was uns bereits Sorgen macht?«, erwiderte Sando. »Nein, spuck's aus.«

Das Mädchen warf den beiden Jungen einen raschen Seitenblick zu. »Wie sollen wir Bortha eigentlich finden?«

»Na ja, ich wollte erst einmal zu dem Turm gehen, in dem er letzte Nacht war«, antwortete Sando. »Dort hat er sich zuletzt aufgehalten. Und dann schauen wir weiter. Was bleibt uns denn sonst übrig?« Er zuckte etwas ratlos mit den Achseln.

»Eben das habe ich mich auch gefragt«, sagte Hanissa. »Keiner von uns ist sonderlich gut im Spurenlesen, oder irre ich mich?«

Tomrin und Sando schüttelten den Kopf.

»Ein Findezauber klappt auch nicht. Bortha trägt ja weder einen passenden magischen Gegenstand bei sich noch haben wir etwas von ihm, das uns zu ihm führen könnte. Außerdem beherrsche ich den Zauberspruch nicht, und ich werde heute Nacht schon genug damit zu tun haben, uns irgendetwas gegen die Geister zu besorgen.«

In diesem Augenblick schnippte Tomrin begeistert mit den Fingern. »Mir ist etwas eingefallen, das uns helfen könnte!«, rief er. »Spürechsen.«

Sando hob beide Augenbrauen. »Diese sechsbeinigen Ungetüme mit den riesigen Nasenlöchern, mit denen die Hafenwachen manchmal Frachtschiffe untersuchen?«

»Genau die«, sagte Tomrin grinsend.

»Und wo bekommen wir die her?«, fragte Sando. »Wir können schließlich kaum zu den Hafenwachen gehen und sagen: Verzeihung, würdet Ihr uns Eure Spürechsen ausleihen, wir haben einen Zwergenjungen in den Verbotenen Hügeln verloren.«

»Müssen wir gar nicht. Wir fragen Osrum. Er züchtet sie schließlich. Er wird sicher ein paar von ihnen oben in der Drachenschule haben.«

»Und was sagen wir Osrum?«, wollte Hanissa wissen.

»Keine Ahnung«, sagte Tomrin. »Wir lassen uns etwas einfallen.«

Hanissa nickte. »Na gut, das überlasse ich euch beiden. Fleck und ich gehen nach Hause. Wenn ich mir die Nacht um die Ohren schlagen muss, um uns magische Waffen zu besorgen, gehe ich lieber etwas früher ins Bett.«

»Ist gut«, sagte Tomrin. »Wir machen das schon.«

Sie durchquerten das Hafenviertel, wobei sie einen Bogen um GUMPS BRANDUNG schlugen, damit Gump Sando nicht vorzeitig zur Arbeit in der Schenke rufen konnte. Am Rande der Altstadt entlang liefen sie zur Magischen Universität, die auf dem Weg zur Drachenschule lag. Dort trennten sich Hanissa und Fleck von den Jungen.

»Bis morgen früh«, verabschiedete sich das Mädchen. »Wir treffen uns im Morgengrauen in der Drachengasse.«

»Schlafe süß, Prinzesschen«, erwiderte Sando feixend.

Hanissa funkelte ihn an. »Wage es nicht, mich so zu nennen, Sando, sonst stehe ich extra eine Stunde früher auf, um noch das Rezept für eine Furunkelsalbe in der Bibliothek zu suchen. Aber nicht für die Salbe, die Furunkel *heilt.*« Hanissa gab den Jungen einen Schubs »Und jetzt haut schon ab.«

»Sind schon weg. Bis morgen.« Tomrin winkte zum Abschied.

Zu zweit eilten die Jungen weiter in die Drachengasse. Nur wenige Minuten später standen sie vor der DRACHENSCHULE BONDING R – zumindest bezeichnete das Schild über dem Tor sie so. Wo das zweite *O* hingekommen war, wusste niemand. Rechts und links des Tores trennten hohe Mauern das große Gelände vom Rest der Stadt. Hinter ihnen bildeten Osrum Drachenschild und seine Mitarbeiter die Flugdrachen der Stadtgarde aus.

Im Innenhof herrschte emsiges Treiben. Die Jungen hatten das Grundstück kaum betreten, da hörten sie bereits das Gebrüll der Drachen. Es drang aus den Stallungen und aus Richtung der vielen Freigehege. Vorn im Eingangsbereich herrschten dagegen die gewaltigen Käfige vor, in denen besonders große und majestätische Drachen gehalten wurden. Muskulöse

Männer in schmutziger Arbeitskleidung waren zwischen ihnen unterwegs. Sie zogen Karren voller Frischfleisch hinter sich her. Sowie sie einen Käfig erreichten, stachen sie mit langen Eisenstangen in eines der großen Fleischstücke auf den Karren und hievten es zu den hungrigen Drachen hinüber.

Wie immer, wenn Sando in die Drachenschule kam, war er begeistert. Die vielen Gerüche und Eindrücke faszinierten ihn. Und er freute sich darauf, Osrum wiederzusehen.

Osrum Drachenschild hatte einst viele Länder bereist und unzählige Abenteuer überstanden. Er war ein Held gewesen. In ganz Mintaria hatte es damals nicht viele gegeben, die es mit ihm aufnehmen konnten. Doch diese Zeit lag lange zurück. Im Alter hatte sich Osrum in Bondingor niedergelassen. Seitdem nutzte er sein Wissen über Drachen und sein außergewöhnliches Talent im Umgang mit diesen Tieren, um Ritter Ronans Garde mit den besten Exemplaren zu versorgen. Osrums Ruf als Drachenzüchter war sogar schon in andere Königreiche vorgedrungen.

»Tomrin von Wiesenstein«, dröhnte der Bass des alten Mannes über den Hof und riss Sando aus seinen Gedanken. »Und sein Freund Sando, der größte Zwerg Bondingors. Was treibt euch Tunichtgute denn hierher?«

Sando drehte sich um und erblickte den Alten im offenen Fenster eines der Bürogebäude. Osrum lächelte breit und winkte die Jungen zu sich. Wie üblich, trug er ein grobes weißes Leinenhemd, unter dem sich seine Muskeln abzeichneten, und ein offenes ledernes Wams. In der Hand hielt er ein angebissenes Käsebrot.

»Hallo, Osrum«, rief Tomrin ihm entgegen. »Wir sind hier, um Euch um Hilfe zu bitten.«

»So so. Na, dann kommt mal herein und erzählt mir, was ihr auf dem Herzen habt.«

Keine zwei Minuten später saßen Sando und Tomrin in Osrums Büro, in dem wie immer völliges Durcheinander herrschte. Bücherberge, Papierstapel und Brettchen voller Essensreste bedeckten den klobigen Schreibtisch nahezu vollständig. Von den Wänden hingen diverse Werkzeuge und Riemen, und in den Ecken stapelte sich alles, was anderswo keinen Platz mehr gefunden hatte. In der Luft hing der Duft frischen Kräutertees.

Burps, Osrums mürrischer Hausdrache, lag in seinem Körbchen neben dem Ofen und warf den Jungen Blicke zu, bei denen jedem Wegelagerer mulmig geworden wäre. Sando konnte das kaum ferkelgroße Tier nicht leiden, aber Osrum liebte es inniglich.

»Also, worum geht es?«, fragte der alte Drachenzüchter.

»Ihr züchtet doch auch diese Spürechsen für die Hafenwache, nicht wahr?«, begann Tomrin.

Osrum nickte brummend.

Sando sah, wie sein Freund ein gespielt klägliches Gesicht aufsetzte. »Wir haben etwas verloren und bräuchten dringend eine Spürechse, um es wiederzufinden.«

Der Drachenzüchter runzelte die faltige Stirn. »Hm. Das müsst ihr mir schon etwas genauer erzählen, denn Spürechsen finden auch nicht alles. Sie können beispielsweise keiner Spur folgen, die durch die Luft geht. Und wenn die Spur zu alt ist, bekommen sie ebenfalls Schwierigkeiten. Aber sie eignen sich gut dazu, Dinge zu finden, die an einem bestimmten Ort versteckt sind – etwa Schmuggelware. Ansonsten jedoch …«

»Oh, das ist schlecht«, murmelte Tomrin. »Die Spur ist schon mindestens einen Tag alt, und wir wissen auch nicht genau, wo wir es verloren haben.«

Auf Osrums Miene zeigte sich ein Schmunzeln, und er klopfte mit einem Finger auf den Tisch. »Vielleicht habe ich da etwas, das euch weiterhilft. Wartet einen Augenblick hier.« Er stand auf und marschierte aus dem Raum hinaus.

Die beiden Jungen blieben schweigend zurück. Nur Burps gab ein rülpsendes Geräusch von sich und drehte sich in seinem Körbchen um.

Es dauerte nicht lange, bis der alte Drachenzüchter wieder auftauchte. Auf seinem bärtigen Gesicht lag ein breites Grinsen. »Schaut mal, was ich hier habe«, sagte er und streckte den Jungen seine rechte Hand entgegen.

Auf der Handfläche saß eine kleine Echse, nicht größer als eine junge Fledermaus. Sie hatte feine, tiefblaue Schuppen, und ein leuchtend roter Kamm verlief von ihrem Schwanz über den Rücken bis zum Kopf. Die Echse guckte Tomrin und Sando aus dunklen, klugen Augen an, dann faltete sie kurz ihre ledrigen Flügel auf und gab ein trällerndes Geräusch von sich.

»Das ist Pip«, sagte Osrum. Er sah aus wie ein stolzer Vater, der sein neugeborenes Kind herumzeigte. »Sie ist auch eine Spürechse, aber eine bellurische. Aus Bellurien stammende Spürechsen sind hierzulande sehr selten«, fuhr Osrum fort. »Ich habe sie einem fahrenden Händler abgekauft – zusammen mit einem Männchen. Ich hoffe, bald eigene züchten zu können. Sie sind außerordentlich schlau, und ihre Spürsinne sind denen unserer hiesigen Echsen weit überlegen. Wenn diese hübsche Kleine nicht findet, was ihr verloren habt, dann habt ihr gar nichts verloren.« Der Drachenzüchter gluckste.

Pip legte den Kopf schief und gab ein leises Knackgeräusch von sich.

Tomrin machte große Augen. »Osrum, das ist ja großartig. Und wir dürfen sie leihen?«

»Gerne«, antwortete Osrum. »Aber gebt gut auf sie Acht. Ich weiß nicht, woher ich ein neues Weibchen bekommen soll, wenn sie zu Schaden kommt.«

»Darf ich?«, fragte Sando und streckte die Hand aus.

Pip senkte den Kopf und beschnupperte ihn. Dann breitete die Echse plötzlich die Flügel aus und setzte mit einem flatternden Sprung auf Sandos Kopf über.

»He!«, rief er überrascht. Die Spürechse fühlte sich federleicht an.

Osrum lachte. »Sie mag dich offenbar. Das nenne ich ein gutes Omen.« Mit gemütlichen Schritten begab er sich wieder hinter seinen Schreibtisch.

»Danke, Osrum.« Tomrin strahlte vor Begeisterung. »Das werden wir Euch nie vergessen. Aber nun müssen wir leider schon weiter. Die Zeit drängt.«

Der alte Drachenzüchter schmunzelte. »So so«, sagte er, während er irgendwo aus den Untiefen seines übervollen Schreibtisches eine Tasse hervorholte, in der würzig riechender Kräutertee dampfte. »Ihr habt's also eilig? Gibt es wieder Probleme da draußen?«

Tomrin und Sando sahen sich an. Osrum war so ziemlich der einzige Erwachsene, der über ihre Erlebnisse Bescheid wusste. Er nahm die Jungen und

Hanissa immer ernst und hatte stets ein offenes Ohr für sie, egal wie beschäftigt er war. Wenn Gump für Sando ein Vaterersatz war, so war Osrum wie ein Großvater für ihn.

»So, wie ihr ausseht, kann die Antwort nur *Ja* lauten.« Osrum nickte, als habe er sich das schon gedacht. »Ich hoffe, ihr bringt euch nicht in Gefahr, Jungs.«

»Wir doch nicht«, sagte Tomrin ein wenig zu schnell. »Ihr kennt uns doch.«

Osrum seufzte leise. »Eben.« Dann zwinkerte er ihnen zu. »Also, dann stürmt mal los. Passt auf euch auf, und auch auf meine Pip.«

Die Jungen versprachen es ihm.

Es musste wohl kurz vor Mitternacht sein, als Hanissa leise aus dem Bett kletterte. Ein herzhaftes Gähnen überfiel sie, während sie verschlafen durch ihr Zimmer stolperte. Seit sie Tomrin und Sando kannte, war sie viel zu häufig mitten in der Nacht oder in aller Früh auf den Beinen.

Wenn ich nur wie die Studenten der Magischen Universität tagsüber in die Bibliothek dürfte, dachte sie missmutig. Aber die Lehrordnung sah nicht vor, dass Frauen hier studierten. Magie war angeblich nur etwas für Männer, die schlau genug waren, ihre Geheimnisse zu begreifen.

Hanissa hielt das für eine Frechheit. Sie besaß ein natürliches Talent für Magie und beherrschte mit ihren zwölf Jahren bereits Zaubersprüche, an denen sich fünf Jahre ältere Studenten die Zähne ausbissen. Aber es half ja alles nichts. Sie musste heimlich, still und leise – und nicht selten in tiefer Nacht – ihren Studien nachgehen.

Am Fußende ihres Bettes hob Fleck den Kopf. Er hatte zusammengerollt auf einem alten Schafsfell geschlafen, aber nun schreckte er auf. Ein gurgelndes Quäken drang aus seiner Kehle. *Was ist los?*, schien er zu fragen.

»Psst, Fleck«, ermahnte ihn Hanissa flüsternd. »Sei leise, damit meine Mutter nicht wach wird.« Erleichtert merkte sie, dass der kleine Drache seine goldene Farbe wieder verloren hatte. Inzwischen waren seine Schuppen wieder so grüngrau wie eh und je.

Seit Baron Berun Fleck in die Obhut der drei Freunde übergeben hatte, lebte er bei Hanissa. Tomrin, Sando und sie hatten lange überlegt, wo sie Fleck halten sollten. Nachdem die Festung der Stadtgarde und Gumps Brandung als eher ungeeignet ausgeschieden waren – und auch keiner von ihnen Fleck alleine in der Drachengasse 13 lassen wollte –, war die Wahl schließlich auf Hanissa gefallen. Ihre Mutter Corinda war zunächst alles andere als begeistert gewesen. Doch nach ein paar Tagen hatte auch sie Fleck ins Herz geschlossen. Mittlerweile ließ er sogar die Möbel in Ruhe und aß nur noch die Reste, die Corinda ihm von ihrer Arbeit in der Küche der Universitätsmensa mitbrachte.

Nun rappelte sich der Jungdrache auf und tappte zu Hanissa hinüber. Leise quäkend sah er zu ihr auf.

»Nein, Fleck, du musst hierbleiben«, widersprach sie. »Ich gehe nicht weg. Ich will nur kurz in die Bibliothek. Später komme ich wieder und hole dich ab.«

Fleck wiederholte das Geräusch und stupste Hanissa mit der Schnauze in die Seite.

»Hör auf. Ich kann dich nicht mitnehmen. Niemand darf mich sehen.«

Der kleine Drache quäkte ein drittes Mal und stupste sie erneut. Dann blickte er wieder zu ihr hoch.

Das Mädchen schob sich eine Strähne ihres roten Haars hinters Ohr und seufzte. »Du bist unmöglich. Dann komm halt mit. Aber sei ganz leise.«

Ein zufriedenes Gurgeln war die Antwort.

Auf Zehenspitzen schlich Hanissa aus ihrer Kammer und durch das Esszimmer ihrer kleinen Wohnung zur Tür. Dabei lauschte sie auf die Atemzüge aus Corindas Schlafgemach. Im nächsten Moment hatte sie die Wohnungstür erreicht und war mit Fleck hinaus auf den dunklen Korridor geglitten.

Hanissa und ihre Mutter lebten im Obergeschoss des *Rings*. So wurde der Kreis aus Gebäuden mitten auf dem Campus genannt, in dem die Magister der Magischen Universität ihre Wohngemächer und Arbeitsräume hatten.

Mit Fleck im Schlepptau schlich Hanissa durch den mit alten Teppichen ausgelegten Korridor. Hinter den Türen links und rechts lagen die Zimmer der Köchinnen, Zimmermädchen, Dienstboten und Bibliotheksgehilfen. Natürlich war außer ihr und dem kleinen Drachen niemand um diese Uhrzeit unterwegs.

Über eine der drei Treppen huschte Hanissa in den ersten Stock. Dort wohnten die meisten der Zauberer, die an der Universität unterrichteten. Hier musste Hanissa schon vorsichtiger sein. Viele der Magister waren Nachteulen. Sie hockten bis weit nach Mitternacht in ihren Studierstuben oder saßen in den verräucherten Kaminzimmern zusammen, um über die verrücktesten Dinge zu diskutieren.

Der Magister, von dem sie sich Hilfe erhoffte, war jedenfalls mit Sicherheit noch wach. Kaspar Nekrominus Huibur, der Lehrer für Geisterkunde, war ein Geist und musste nicht schlafen. Das hatte zur Folge, dass er sich nachts, wenn auch der letzte Kollege zu Bett gegangen war, für gewöhnlich zu Tode langweilte – oder vielmehr zu Tode gelangweilt *hätte*, denn er war ja schon tot. Jedenfalls war er stets für jede Art von Ablenkung dankbar, und das wollte Hanissa ausnutzen.

Verstohlen näherte sie sich dem imposanten Schrank im Korridor, in dem Huibur wohnte. Fleck beschnüffelte das alte Möbelstück misstrauisch.

»Sei brav, Fleck«, ermahnte Hanissa ihn, dann klopfte sie an.

»Herein«, drang die Stimme des Lehrers für Geisterkunde durch die Tür.

Hannissa öffnete die linke Schranktür und trat ein. Für einen Schrank war ziemlich viel Platz im Inneren, für eine Wohnstube ziemlich wenig. Allerdings lebte Magister Huibur auch recht genügsam. Außer einem kleinen Gemälde an der Wand, das ihn selbst zu Lebzeiten zeigte, einer Kommode mit einem Teeservice sowie ein paar Büchern besaß er nichts.

Der Geist schwebte wie immer einige Handbreit über dem Boden in der Luft. Ein bläulicher Schein ging von ihm aus, und er war fast durchsichtig. »Gute Nacht, Hanissa«, begrüßte er sie. »Wir haben uns ja eine Weile nicht mehr gesehen. Oh, ist das da dein neuer Drache?«

Sie nickte. »Sein Name ist Fleck.«

»Freut mich, freut mich. Was führt euch zu mir?«

»Ich wollte Euch mal wieder besuchen, Magister Huibur.«

Huibur strahlte. »Wie nett von dir, mein Kind. Möchtest du eine Tasse Spinnenbeintee?«

Hanissa schauderte allein beim Gedanken daran, aber sie nickte tapfer. »Sehr gerne, aber bitte nur eine halbe Tasse. Meine Mutter sagt immer, man soll nachts nicht so viel trinken. Das ist ungesund.«

Das war natürlich erfunden, aber Huibur wusste es sicher nicht besser. Er schenkte dem Mädchen von der dampfenden Flüssigkeit ein, die so weißlich war wie Pflanzensaft. Glücklicherweise schwammen keine Glieder irgendwelcher Krabbeltiere darin herum. Doch der Tee schmeckte so bitter, dass Hanissa sich zusammenreißen musste, um nicht das Gesicht zu verziehen.

Nachdem sie ein paar Minuten mit Huibur über Belangloses geplaudert hatte, kam Hanissa schließlich zur Sache. »Sagt, Magister Huibur, was könnt Ihr mir über Geister erzählen?«

Der alte Geist lachte. »Mein liebes Kind, diese Frage ist so ungenau, dass ich sie nur genauso ungenau beantworten kann: beinahe alles.« Er beugte sich neugierig etwas näher. »Was genau möchtest du denn wissen?«

»Na ja, wie entstehen Geister beispielsweise? Was für Arten gibt es? Können Geister den Lebenden etwas antun? Und was macht man dagegen?«

Die Augen des Lehrers für Geisterkunde wurden groß. »Gute Güte, das sind keine Fragen, die sich bei einer Tasse Tee beantworten lassen. Ich halte ganze Seminare zu solchen Dingen.«

»Könnt Ihr mir nicht wenigstens einen Überblick geben?« Hanissa tat so, als blickte sie verschämt zu Boden. »Ich möchte einen Freund damit beeindrucken.«

»Aha, oho«, machte Kaspar Nekrominus Huibur und kicherte heiser. »Nun, dann will ich sehen, was ich für dich tun kann. Komm mit. Wir gehen in meinen Vorlesungssaal – für etwas Geisterkunde zur Geisterstunde ...«

»Die Welt der Toten ist beinahe so abwechslungsreich wie die Welt der Lebenden«, sagte Huibur, während er mit stolz erhobenem Kopf hinter seinem Rednerpult hin und her schwebte. »Ein Unwissender mag denken: Geist ist Geist. Aber das stimmt nicht!«

Huibur, Fleck und Hanissa befanden sich im obersten Stockwerk eines der Universitätstürme, in dem Hanissa noch nie gewesen war. Nur Studenten der höheren Semester wurden hier unterrichtet. Es fühlte sich fantastisch an, selbst einmal auf einer der Bänke zu hocken und den Worten eines Magisters zu lauschen.

»Es gibt Dutzende, ach was, Hunderte von Geistern«, fuhr Huibur fort. »Phantome, Nachtgespenster, Schemen, Naturgeister, Weiße Frauen, Schwarze

Männer, Schleimgeister, Gruselinge, Nachtmahre, Dschinne, Spektraltiere und noch mehr …«

Bei jedem Wort vollführte der Lehrer für Geisterkunde eine rasche Bewegung mit dem rechten Arm, und ein Illusionsbild des jeweils erwähnten Geistes tauchte auf. Am Ende hing ein wildes Durcheinander an durchscheinenden Gestalten vor Hanissa in der Luft und glotzte sie an.

Hinter sich hörte sie, wie Fleck einen Schluckauf bekam. *Oh, oh, bitte nicht verwandeln! Bitte nicht jetzt,* dachte sie und drehte sich um. Doch der Jungdrache beachtete die Geister überhaupt nicht. Er war viel zu sehr damit beschäftigt, die Kissen von den Sitzbänken zu klauben und eins nach dem anderen zu verspeisen.

»Aus, Fleck. Pfui«, zischte Hanissa und gab ihrem immer hungrigen Begleiter einen leichten Klaps auf den Kopf.

»Aber!«, rief Huibur von vorne und zog damit Hanissas Aufmerksamkeit wieder auf sich. Er hatte einen Finger gehoben und blickte das Mädchen eindringlich an. »All diese Geister sind Sonderfälle und sollen uns daher im Augenblick nicht weiter kümmern.« Der Magister wedelte mit der Hand durch die Luft und ließ alle Illusionen wieder verschwinden.

»Wie sehen denn die gewöhnlichen Geister aus?«, wollte Hanissa wissen.

»Gut, dass du fragst«, erwiderte Huibur. »Der gewöhnliche Geist entsteht aus einem starken Gefühl heraus. Wenn ein Wesen stirbt und seine Seele aus irgendeinem Grund noch am Diesseits hängt, kann es sein, dass sie den Weg ins Totenreich nicht findet. Stattdessen verlässt sie den Körper und wird zu einem Geist.«

Hanissa beugte sich neugierig auf ihrem Platz vor. »Könnte der Wunsch, sich zu rächen, so ein Gefühl sein?«

»Natürlich«, sagte Huibur. »Rache, Liebe, Trauer, Bosheit … Stell dir einen Mann vor, der sich geschworen hat, seine Familie zu beschützen. Doch er stirbt und muss sie schutzlos zurücklassen. Solch ein Mann könnte als Schutzgeist zurückkehren. Oder stell dir eine junge Frau vor, deren Geliebter verschollen ist. Sie mag vor Trauer sterben, doch ihr Geist wird Jahr um Jahr am Fenster stehen, um nach ihm Ausschau zu halten. Solche Trauergeister sind sich ihrer Umgebung kaum bewusst. Ihre ganze Aufmerksamkeit ist auf die eine Sache gerichtet, die ihnen den Frieden der Totenruhe verwehrt hat.«

»Aber könnten Rachegefühle auch tote Zwerge dazu bringen, zurückzukehren?«

Der Lehrer für Geisterkunde schaute Hanissa leicht verwirrt an. »Zwerge?«

Mist, dachte sie. »Na ja, oder Menschen oder Elfen«, beeilte sie sich hinzuzufügen.

»Natürlich«, bestätigte Huibur. »Der Wunsch nach Rache ist ein außerordentlich starkes Gefühl. Rachegeister gehören zu den mächtigsten Erscheinungen überhaupt. Sie handeln sehr gezielt. Und sie können auch ihre Umwelt auf vielerlei Art und Weise beeinflussen. Darin unterscheiden sie sich etwa von Trauergeistern, die nichts tun können, um ihre Trauer zu lindern. Oder von Poltergeistern, die ein furchtbares Chaos anrichten, das aber unabsichtlich tun.«

»Lässt sich irgendwie erkennen, ob ein Ort von Geistern heimgesucht wird?«, fragte Hanissa. »Selbst wenn man sie nicht direkt sieht?« Sie hoffte, in den Verbotenen Hügeln Beweise zu finden, die entweder für oder gegen die Geschichte von den Geistern aus der Tiefe sprachen.

»Nun ja.« Der alte Zauberer strich sich nachdenklich mit der Hand übers Kinn. »Zum einen gibt es da dieses Gefühl, als wäre man nicht allein, obwohl man niemanden sieht. Dann ist da die Kälte. Geister sind die Seelen von Verstorbenen, die zurückgekehrt sind. Einen Teil der Todeskälte bringen sie dabei mit. Daher ist es dort, wo Geister umgehen, meist kalt.«

»Ihr seid aber gar nicht kalt«, warf Hanissa ein.

Huibur lächelte. »Schön, dass du das bemerkst. Aber ich bin auch der Geist eines Zauberers. Ich habe gewisse Möglichkeiten, die ein normaler Geist nicht hat.« Er wurde wieder ernst. »Das dritte Merkmal sind die ölig schillernden Flecken, die Geister gelegentlich auf Wänden, Türen, Böden und dergleichen hinterlassen. Der Volksmund nennt diese Flecken Geisterblut, denn es scheint, als blute die Flüssigkeit aus dem nebelartigen Körper eines Geistes aus. In Wirklichkeit steckt dahinter natürlich viel mehr. Es hat etwas mit dem Unterschied zwischen dem Totenreich und der Welt der Lebenden zu tun. Und damit, dass ein Geist ein Wesen zwischen zwei Welten ist. Aber das ist zu schwierig, um es dir heute Nacht in allen Einzelheiten zu erklären. Oh, und bevor du fragst: Ja, auch ich habe Geisterblut hinterlassen, nachdem ich frisch verstorben war. Die Diener dieses ehrwürdigen Hauses waren alles andere als erfreut. Aber ich habe Abhilfe dagegen gefunden.« Er zwinkerte dem Mädchen zu.

Hanissa lächelte pflichtschuldig, auch wenn sie keine Ahnung hatte, was er meinte. Dann holte sie tief Luft. *Jetzt wird es interessant.* »Und, äh, sagt Magister Huibur, was kann man gegen Geister unternehmen? Also, wenn es sich um böse Geister handelt.«

Der alte Zauberer faltete die Hände hinter dem Rücken. »Es kommt darauf an, ob man sie wirklich vernichten oder nur abschrecken möchte.«

»Nur abschrecken«, sagte Hanissa. Das würde für ihre Zwecke reichen.

»Nun, dafür genügt für gewöhnlich eine Mischung aus Salz, Knoblauch, Weihrauch und Einhorntränen. Das schützt vor fast allen bösen Wesen: Geistern, Feen, Ghulen … Mit Silberpulver wirkt es noch stärker. Streut man das auf Fensterbretter und Türschwellen, können die Geister diese nicht mehr überschreiten …« Huibur brach ab und machte ein säuerliches Gesicht.

»Was habt Ihr?«, fragte Hanissa.

»Ach nichts.« Er schüttelte den Kopf. »Ich wurde nur eben daran erinnert, dass mich einige meiner lustigen Studenten letztes Semester in meinem Schrank eingesperrt haben, nachdem ich ihnen davon erzählt hatte.«

Hanissa kicherte leise. »Ihr habt sie sicher streng bestraft.«

Die Miene des Geistes hellte sich auf. »Im Gegenteil. Ich habe sie für ihr Geschick gelobt. Die Mischung war perfekt. Hätte mich Magister Kronzimons nicht zu einer Abendveranstaltung abgeholt, wäre ich womöglich tagelang in meinen eigenen vier Wänden eingesperrt gewesen!« Er räusperte sich. »Natürlich ist das Pulver vielseitig verwendbar. Bestreut man damit die Ruhestätte eines Geistes, wird es ihn vermutlich von dort vertreiben. Bläst man es ihm gar in den Körper, wird er zerfallen und zumindest eine Weile brauchen, um sich wieder neu zu bilden. Sehr unangenehm, das kann ich dir sagen. Ich habe mich mal einem Selbstversuch unterzogen.« Huibur schüttelte sich.

Salz, Knoblauch, Weihrauch und Einhorntränen … In Hanissas Kopf rasten die Gedanken. Die ersten drei Zutaten konnte sie leicht aus der Küche stibitzen, die ihre Mutter leitete. Und Einhorntränen hatte sie noch in ihren Vorräten. *Dann noch etwas Knallpulver dazu, das Ganze in einen Beutel aus Feenseide einnähen, und wir haben tolle Geisterbomben,* dachte sie. Sie würde dafür eine von Mutters guten Tischdecken opfern müssen, aber Corinda würde vermutlich denken, Fleck habe sie gefressen. Und sie tat es schließlich für einen guten Zweck.

Auf einmal hatte es Hanissa sehr eilig. »Danke, Magister Huibur. Ihr habt mir unglaublich geholfen. Ich denke, mehr brauche ich nicht zu wissen. Nun muss ich aber wieder ins Bett. Morgen wird ein anstrengender Tag.«

»Oh, ja, äh, gern geschehen.« Der alte Zauberer war über die Eile des Mädchens sichtlich verblüfft, aber er sagte nichts weiter, als Hanissa sich Fleck schnappte und mit ihm die steile Treppe des Lehrturms hinunterrannte.

KAPITEL 8
Zu den Waffen!

Die Nacht zog sich gerade erst aus Bondingor zurück, da stapften Sando und Tomrin schon die Drachengasse zur Hausnummer 13 hinauf.

Es hatte stundenlang geregnet. Nun war die Stadt abgekühlt. Frühes Morgenrot lag über den kleinen Häusern, von deren Dächern immer noch das Wasser aufs Kopfsteinpflaster tropfte. Bis auf Vogelgezwitscher und gelegentliches Hufgeklapper, das aus irgendwelchen Nebenstraßen drang, war noch alles still. Die Bewohner der Drachengasse lagen friedlich schnarchend in den Betten, während im benachbarten Handwerkerviertel die Bäcker und Fleischer schon ihr Tagwerk begannen.

Sando und Tomrin jedenfalls hatten kaum geschlafen. Zu groß war ihre Sorge um den vermissten Bortha. Stundenlang hatten sie sich in ihren Betten gewälzt, aber keine Ruhe gefunden. Sandos Laune war entsprechend mies, als er mit Tomrin und Pip zu ihrem Geheimversteck ging. Trotzdem bedachte er das Schwert, das Tomrin mitgebracht hatte, mit einem anerkennenden Blick.

»Das Teil ist echt nicht schlecht«, lobte er. Dabei ließ er den Blick über die Waffe gleiten, die Tomrin an einem Gurt quer über dem Rücken trug. »Ganz schön edel.« Er sah sie nicht zum ersten Mal, doch sie beeindruckte ihn nach wie vor.

»Ja, du hast recht«, pflichtete ihm Tomrin bei. »Mein Vater hätte mir kein schöneres Geschenk zum zwölften Geburtstag machen können.« Er klang noch immer so stolz wie am ersten Tag.

Sando seufzte ein wenig neidisch. »Du hast es gut. Onkel Gump schenkt mir höchstens mal ein Flaschenschiff oder eine Meerschaumpfeife.«

Verdutzt hielt Tomrin inne. »Eine Pfeife? Im Ernst? Aber du rauchst doch gar nicht.«

»Natürlich nicht!« Sando verzog angeekelt das Gesicht. »Aber für meinen Onkel gehört eine Pfeife einfach dazu. Jeder Zwerg, der etwas auf sich hält, besitzt mindestens eine, sagt er – und jeder Seemann sowieso. Findet Gump. Er hat mir die Pfeife auch nicht zum Rauchen geschenkt, sondern damit ich eine *habe.*«

Tomrin grinste. »Dein Onkel ist schon lustig.«

»Seezwerg durch und durch«, sagte Sando lachend. Dann deutete er auf die Klinge. »Hast du eigentlich noch mehr Schwerter?«

Er selbst hatte meist einen schlanken Dolch bei sich. Zwar wandte er nicht gerne Gewalt an – oder drohte auch nur damit –, aber er lebte schon lange genug in den dunkleren Straßen Bondingors, um zu wissen, dass es manchmal nicht anders ging.

»Nein, nur dieses eine«, sagte Tomrin. »Und damit soll ich eigentlich nicht durch die Stadt spazieren. Ich darf es nur zu Paraden und besonderen Anlässen bei Hof tragen. Wenn mein Vater wüsste, dass ich es heute dabei habe, würde er es mir sofort abnehmen.«

Sando nickte. Ritter Ronan Bärenherz von Wiesenstein nahm es mit der Erziehung seines Sohnes sehr genau. Das hatte Sando in der Zeit, die er nun schon mit Tomrin befreundet war, gelernt.

Eine Weile gingen die Jungen schweigend nebeneinander her. Dann sagte Sando: »Es ist gut, dass du es mitgebracht hast. Wenn wir zu den Verbotenen Hügeln gehen …« Er brach ab und bekam plötzlich eine Gänsehaut. Die Erinnerungen an die Nacht, in der Bortha verschwunden war, kamen zurück – Erinnerungen an unheimliche Lichter in der Dunkelheit und an seltsame Geräusche. Es kostete ihn einige Mühe, sie zu verdrängen. »Jedenfalls schadet es nicht, *noch* eine Waffe dabeizuhaben. Die Grubenjungs werden sicher auch nicht ohne Waffen aufkreuzen.«

»Bestimmt nicht. Das sind Zwerge, und Zwerge fürchten die Verbotenen Hügel mehr als alles andere. Ich würde mich noch nicht mal wundern, wenn deine Freunde heute in Ritterrüstungen erschienen.«

Beim Gedanken an Grimbak und Tumril in auf Hochglanz poliertem Brustharnisch musste Sando gegen seinen Willen grinsen.

»Heilige Regenrinne, und *das* am frühen Morgen!« Wasserspeier Glukk hob die steinernen Brauen und warf Hanissa einen tadelnden Blick zu. »Die ganze Nacht musste ich Wasser speien, und jetzt, da ich endlich ruhen darf, weckt man mich mit Krach-Bummbumm und Staubexplosionen!«

»Entschuldigung, Herr Glukk«, rief sie ihm zu. »Ich wollte Euch nicht treffen.« Verlegen verzog sie das Gesicht.

»Hast du ja auch nicht«, erwiderte er und gähnte herzhaft. »Aber viel hat nicht gefehlt. Dir ist vielleicht entgangen, dass wir Wasserspeier ziemlich unbewegliche Gesellen sind. Wir können schlecht ausweichen, wenn uns jemand mit zerplatzenden Stoffbeuteln bewirft. Was sind das überhaupt für Dinger?«

Hanissa trug eine speckige Schürze über ihrer Kleidung. Sie streifte die Hände an ihr ab. »Verratet Ihr's auch niemandem?«, fragte sie vorsichtig.

»Kindchen, ich bin ein Wasserspeier und wohne auf dem vermutlich einsamsten Hinterhof in ganz Bondingor. Wenn ich nicht in der Sonne döse oder mich mit Kobolden streite, die mich als Klettergerüst missbrauchen, unterhalte ich mich mit Schäfchenwolken – und die geben nie Antwort. Wem sollte *ich* wohl etwas verraten?«

Dagegen ließ sich nichts sagen. Hanissa griff hinter sich und zog den Korb hervor, den sie aus dem unsichtbaren Haus mit nach draußen gebracht hatte. Darin befanden sich ein halbes Dutzend kleiner Stoffbeutel. Jeder war bis zum Rand gefüllt. »Das sind Geisterbomben«, erklärte sie Glukk. »Beutel, in denen sich magische Pulver vermischen, wenn man die Sicherungskordel herauszieht. Ich habe sie eben hergestellt und wollte sie kurz auf dem Hof ausprobieren. Dabei habe ich leider ganz vergessen, dass Ihr dort oben sitzt.«

»Geister*was*?« Glukk schüttelte verständnislos den steinernen Kopf, was einen leisen Knirschlaut verursachte. »Mädchen, in deiner unsichtbaren Ruine kannst du von mir aus zaubern, bis du Moos ansetzt. Aber es ist doch noch nicht mal Frühstückszeit, oder? Warum bist du überhaupt schon auf den Beinen?« Er hielt inne.

Hanissa wusste nicht, ob Steinwesen vor Schreck erblassen konnten, aber Glukk wirkte auf einmal eigentümlich hellgrau. Sein mürrischer Tonfall machte einem flehenden Flüstern Platz. »Es ist doch nicht wegen eures schuppigen Schoßtiers, oder? Sag bloß nicht, dass der Kleine wieder als Monster hier herumwütet!«

»Fleck? Nein, keine Sorge.« Hanissa schenkte ihm ein Lächeln, das beruhigend wirken sollte. »Der sitzt drinnen und isst etwas. Aber um Eure Frage zu beantworten: Ich bin schon hier, weil Tomrin, Sando und ich einem in Not geratenen Freund helfen wollen.«

»Kommen die beiden etwa auch noch?«, entfuhr es Glukk.

Hanissa nickte. »Jeden Moment, hoffe ich.«

»Und das alles, bevor die Sonne aufgegangen ist …« Der alte Wasserspeier seufzte tief.

Hanissa blickte zum Himmel. Langsam wurde es heller. Doch viel Sonne würde Glukk heute nicht zu Gesicht bekommen. Den vielen Wolken nach zu urteilen, kündigte sich kein allzu freundlicher Tag an.

Hanissa hatte kaum ein Auge zugetan, seit Huibur sie letzte Nacht auf die Idee mit den Geisterbomben gebracht hatte. Ganz früh war sie aus der Wohnung geschlichen und hatte die Magische Universität verlassen. Seitdem experimentierte sie in der Drachengasse 13 mit magischen Zutaten.

Und endlich hatte sie Erfolg gehabt: Die »Bombe«, die eben in Glukks Nähe zerplatzt war, hatte zwar nicht besonders viel Kraft gehabt, aber sie hatte eine große Staubwolke erzeugt, die jetzt langsam als weißes Pulver zu Boden rieselte. Das Zeug stank nach einer üblen Mischung aus Weihrauch und Knoblauch. Es dürfte seinen Zweck erfüllen.

»Was hast du denn gegen Geister?«, nahm Glukk das Gespräch wieder auf. »Mein Cousin Pladdch wohnt an der Leichenhalle nördlich der Stadtmauer. Er sagt, Geister seien richtig nette Gesellen.«

Hanissa fragte sich, wie ein Wasserspeier aus der Drachengasse und einer vom Friedhof überhaupt miteinander sprechen konnten. »Wenn Ihr es nicht weitersagt, Herr Glukk: Die Bomben sind für böse Geister gedacht.«

Hätte Glukk Haare gehabt, wären sie ihm jetzt wohl ausgefallen, so erschrocken wirkte er mit einem Mal. »B… *Böse* Geister? Und die willst *du* bekämpfen? *Hier?*«

Sie schüttelte den Kopf, doch Glukk achtete gar nicht mehr auf sie. Stattdessen versuchte er, sich selbst aus der Wand zu reißen, an deren oberem Ende er hing. Vermutlich wollte er fliehen. Laut knirschte und krachte es im Gemäuer, mehr geschah aber nicht. Bis ein Kobold verschlafen den Kopf über die Dachkante streckte und sich bei Glukk über den Lärm beschwerte.

Kobolde wohnten überall auf den Dächern der Stadt, kümmerten sich aber nicht weiter um das Geschehen unter ihnen.

»Wie kannst du es wagen, du wilder …« Glukk regte sich so über den Kobold auf, dass er Hanissa und die Geister offensichtlich sofort vergaß.

Hanissa war das nur recht. Sie nahm ihren Korb und wandte sich dem Haus zu. Kaum hatte sie das Fenster erreicht, durch das sie wieder hineingelangen wollte, hörte sie Lärm hinter sich. Sie drehte sich um und sah, wie Tomrin und Sando auf sie zukamen. Sie hatten eine kleine blaue Echse dabei.

»Guten Morgen, Nissa«, rief Tomrin und winkte. »Unser Besuch bei Osrum war ein voller Erfolg: Er hat uns Pip geliehen, eine besonders gute Spürechse. Aber jetzt sollten wir so schnell es geht zur Ruine von BOLTANS WAFFENKUNST aufbrechen. Du hast deine Wunderwaffen fertig, oder?«

Hanissa nickte und hob den Korb mit ihrer Ausbeute. Als die Jungen heran waren, gab sie jedem von ihnen zwei Geisterbomben. Die letzten beiden behielt sie selbst. Dann ging sie schnell ins Haus zurück, um Fleck von seinem Frühstück zu trennen.

Also gut, dachte Hanissa entschlossen. *Jetzt wird's ernst. Halte durch, Bortha Wasserheber, wir kommen!*

Es blieb nicht mehr viel Zeit, bis die Wache wiederkommen würde. Langsam wurde Tomrin ungeduldig. »Wo sind die denn?«, fragte er nicht zum ersten Mal, seit er mit Sando, Hanissa und Fleck am verabredeten Treffpunkt im Zwergenviertel eingetroffen war.

Die Freunde kauerten in der Ruine der ehemaligen Schmiede. Von dort aus hatten sie sowohl die Straße im Blick als auch die *Schwelle.* Sie hatten auch schon herausgefunden, in welchen Abständen die Wehrmänner hier vorbeikamen, die auf der *Schwelle* ihre Rundgänge machten.

»Ich verstehe das nicht«, sagte Sando leise und sah nach Westen, von wo seine Grubenjungs kommen sollten. »Eigentlich müssten sie längst hier sein. *Wir* waren doch schon spät dran.«

Plötzlich sprang Fleck auf, als habe er etwas gehört. Und tatsächlich: Als Tomrin nach Osten schaute, sah er einen schmächtigen Zwerg um eine Häuserecke biegen und auf sie zurennen.

Nur einen.

»Thimon?« Sando trat aus seinem Versteck auf die verlassen daliegende Straße. »Wo steckt ihr Witzbolde denn? Wir wollten doch längst drüben sein!«

Keuchend blieb Thimon vor ihm stehen. Er wirkte ziemlich aufgeregt. Das rote Haar, das unter dem viel zu großen Wehrmannshelm hervorlugte, klebte an seiner schweißnassen Stirn. An seinem Gürtel hing etwas, das nur ein Küchenmesser sein konnte. Die Klinge hatte sich in Thimons Wasserflasche gebohrt, deren Inhalt langsam zu Boden tröpfelte.

»Hab … hab … verschlafen«, brachte der Kleine hervor und sah die Freunde mit großen Augen an. »Und dann … fand ich das hier! An … meinem Fensterladen!«

Er griff in die Brusttasche seines dünnen Lederwamses und zog ein Stück Pergament hervor, auf dem zwergische Runen zu erkennen waren.

Tomrin konnte sie nicht entziffern. »Und was steht da, bitte schön?«

»Das stammt von Wonkar«, sagte Sando. Dann begann er vorzulesen:

Kurzer.

Konnten nicht schlafen. Warten ist was für Flachgraber. Echte Männer haben keine Angst! Wenn du das liest, sind wir längst drin. Wollten dich wecken, aber du Schnarchnase hast uns nicht gehört. Wenn alles klappt, sind wir im Morgengrauen wieder zurück. Mit Bortha!

Wonkar und die Grubenjungs

»Soll das heißen …?« Tomrin riss die Augen auf. Sprachlos schaute er Sando und den schmächtigen Zwergenjungen an.

»Das heißt, dass die Grubenjungs ohne uns aufgebrochen sind«, sagte Hanissa leise. »Schon irgendwann letzte Nacht.«

Thimon nickte so eifrig, dass ihm der Helm über die Augen rutschte. »Und jetzt ist Morgengrauen, und sie sind noch nicht zurück! Wisst ihr, was das bedeutet?«

Tomrin schwieg. Nachdenklich sah er zur *Schwelle* hinüber.

»Die Wache taucht gleich wieder auf«, sagte Hanissa. »Sando, findest du den Durchgang auch allein?«

Der Junge nickte.

»Klettern wir auch durchs Fenster wie Bortha?«, fragte Thimon aufgeregt.

Sando schüttelte den Kopf. »Der Durchgang dürfte allgemein bekannt sein, seit Urbin und Umbrin uns verraten haben. Wir nehmen einen anderen Weg.«

Kapitel 9
Schleichendes Grauen

»Heilige Drachenkacke!«

Hanissa schaute ins Dunkel vor sich. »Alles in Ordnung, Tomrin?«

Im ersten Moment kam keine Antwort. Dann meldete sich der Hauptmannssohn wieder. Er klang, als wisse er nicht so recht, ob er lachen oder weinen sollte. »Ich will niemandem den Spaß an diesem Ausflug nehmen, aber ich glaube, eine Ratte hat gerade meine Wange gestreift. Und ich *hoffe*, es war nur eine Ratte.«

»Es war eine«, brummte Sando von irgendwo weiter vorne. »Ich bin ihr auch begegnet.«

Ratten! Na, prima. Hanissa schüttelte es. Dieser Gang war nicht nur stockfinster und so eng, dass die Freunde auf dem Bauch hintereinander herrobben mussten, nein, er wimmelte auch noch vor ekelhaften Nagetieren.

»Macht euch nicht ins Kettenhemd«, scherzte sie halbherzig. »Augen zu und durch. Irgendwann muss das hier ja schließlich ein Ende haben.« Ihre Worte waren aufmunternd gemeint, doch sie konnte damit nicht einmal sich selbst überzeugen. Hanissa wünschte sich, sie hätten wenigstens eine Laterne angezündet.

»Augen zu?«, murmelte Thimon gequält. »Du bist gut. Ich kann hier sowieso nichts sehen …«

Eigentlich hätte alles viel schneller gehen müssen. Seit einer gefühlten Ewigkeit kämpften sie sich bereits durch den engen Gang, und allmählich kam es Hanissa vor, als würde er nie enden.

Sando, der vorankroch, hatte sie in den Keller eines leer stehenden Hauses innerhalb der *Schwelle* geführt. Dieser war mit Erde, Dreck und Steinen zugeschüttet. Es gab aber eine Stelle, an der der Dreck nicht ganz bis zur Decke reichte. Die Lücke war vielleicht einen halben Meter breit, doch das genügte, um sich hindurchzuzwängen. Vorausgesetzt, man machte sich ganz flach und litt nicht an Platzangst.

»Hanissa hat recht«, sagte Sando. »Der Ausgang kann nicht mehr weit sein. Wir sollten einfach weiterkriechen.«

»Das hast du vorhin auch schon gesagt«, gab Thimon leise zurück.

»Und jetzt ist er sogar *noch* näher als damals!«

Keuchend und ächzend setzten sie ihren beschwerlichen Weg fort, Handbreit für Handbreit. Hanissa spürte die kalte Erde unter ihren Fingern und die Dekke des Kellers an ihrem Haar. Einzig Pip schien die Enge nichts auszumachen. Das kleine Tier schwebte direkt vor ihr durch die Luft, als hätte es nie etwas anderes getan. Viel weiter als bis zu ihm konnte Hanissa nicht sehen. Aber sie wusste, dass vor Pip Thimon sein musste. Dann kamen Fleck, Tomrin und Sando. *Und irgendwo weiter vorn der Ausgang*, ergänzte sie in Gedanken. *Hoffentlich bald.*

Die Enge und die Finsternis waren nicht das Einzige, was ihr Sorgen machte. Hennruk Erzfinders Geschichten gingen ihr nicht aus dem Sinn.

»Nissa?«, flüsterte Thimon plötzlich.

»Was ist?«

»Glaubst du wirklich, dass es in den Verbotenen Hügeln böse Geister gibt?«

Hanissa seufzte unhörbar. Thimon hatte Angst vor der eigenen Tapferkeit bekommen und wollte nun von ihr ein beruhigendes Nein hören. Aber konnte sie das wirklich sagen?

»Du hast sicher viel über die Verbotenen Hügel gehört, stimmt's?«, fragte sie zurück.

»Eigentlich nicht«, antwortete er kleinlaut. »Die Älteren reden nicht gern davon.«

Hanissa entschied sich, ehrlich zu Thimon zu sein. Die Wahrheit war ohnehin immer die beste Wahl. »Ich hab auch Angst«, gestand sie. »Ein bisschen zumindest. Nicht wegen irgendwelchen bösen Geistern. Aber es sind ja wirklich Zwerge dort verschwunden. Vor vielen Jahren die Minenarbeiter und jetzt Bortha und die Grubenjungs. Es muss einen Grund für ihr Verschwinden geben. Und so lange ich den nicht kenne, ist mir auch nicht ganz wohl dabei, in die Hügel zu gehen.«

Ein paar Herzschläge lang herrschte Schweigen. Dann sagte Thimon: »Mir auch nicht.« Er klang zuversichtlicher als zuvor. Es schien ihm Mut zu machen, dass er mit seiner Angst nicht allein war.

»Da hinten wird's hell«, sagte Sando vor ihnen. »Freunde, ich kann den Ausgang sehen.«

Tatsächlich: Wenige Augenblicke später krochen sie durch ein offenes Fenster aus dem Keller ins Tageslicht. Obwohl der Himmel bewölkt war und das Licht grau, musste Hanissa kurz die Augen schließen, so geblendet war sie. Hastig folgte sie den anderen in eine Nische zwischen zwei Häusern. Dort würden die Wachtposten sie nicht sehen können.

Dann schaute sie sich um.

Die Straße auf der anderen Seite der *Schwelle* sah eigentlich genauso aus wie die, in der sie gestartet waren.

So weit das Auge reichte, reihten sich kleine Zwergenhäuser aneinander. Der Unterschied offenbarte sich erst auf den zweiten Blick.

»Wie in einer Geisterstadt«, murmelte Tomrin. Er klang beeindruckt. »Merkt ihr das auch: Man sieht und hört überhaupt gar nichts.«

Und er hatte recht: Die Häuser wirkten nicht nur leer, sondern regelrecht tot. Es war, als hätte alles Leben diese Gegend verlassen. Nirgendwo regte sich etwas, noch nicht mal ein Tier, nirgendwo erklangen Geräusche.

Hanissa sah staubige, blinde Butzenscheiben und Bruchsteinwände, auf denen Mooskissen wuchsen. Alles war ungepflegt und verwahrlost. Manche Häuser hatten keine Dächer mehr, und Hecken wucherten zwischen den Grundstücken.

»Seid ihr in Ordnung?«, fragte Sando leise und sah seine Freunde an. »Nichts verloren? Niemand falsch abgebogen?« Er grinste.

Tomrin, Thimon und Hanissa klopften sich den Staub von den Kleidern und prüften mit wenigen Handgriffen, ob ihre Ausrüstung noch vollständig war.

Dann nickte Tomrin. »Rettungstrupp Bortha Wasserheber ist vollständig angetreten«, scherzte er im Tonfall eines Gardisten. »Wir erwarten neue Anweisungen.«

Sando deutete nach rechts die Gasse hinab. »Hier lang, Soldat. Da hinten liegt der schwarze Turm.«

Schweigend machten sie sich auf den Weg.

Die grauen Wolken am Himmel hatten sich zu einer bleiernen, schweren Decke vereint. Es lag Regen in der Luft. Obwohl noch kein Tropfen gefallen war und kein Wind durch die leeren Gassen strich, schlang Tomrin instinktiv die Arme um seinen Leib. Es war kalt hier. Kalt und unheimlich.

Die Verbotenen Hügel trugen ihren Namen zu Recht. Ständig führte der Weg auf und ab, mal sanfter, mal steiler – ganz anders als im flachen Hafenviertel. Man musste kein Zwergenkenner sein, um zu verstehen, warum sich Borthas Vorfahren ausgerechnet an diesem Ort niedergelassen hatten. Zwerge mochten es felsig und uneben, und genau so war dieses Gebiet.

Seit mehreren Minuten hatte keiner der Freunde mehr ein Wort gesagt. Die seltsame Atmosphäre der Gegend schlug ihnen allen aufs Gemüt. Auch Fleck wirkte angespannt und schreckhaft.

Plötzlich drehte sich Sando ruckartig um und führte die Hand zum Dolch.

»Du hast also auch so ein Gefühl«, sagte Tomrin leise zu ihm. Es war eine Feststellung.

Sando hob fragend die Braue. »Was für ein Gefühl?«

»Dass uns irgendetwas beobachtet.« Tomrin nickte. »Geht mir genauso. Schon eine ganze Weile lang.«

Sando sah sich unbehaglich um. »Aber ich … Ich weiß nicht, ob ich mir das nur einbilde. Manchmal ist mir, als sähe ich etwas aus dem Augenwinkel – eine Bewegung hinter einem der Fenster, eine huschende Gestalt an einer Häuserecke. Aber wenn ich dann genau hinschaue, ist da nichts.«

»Ja«, murmelte Tomrin, während sie langsam weitergingen. »Es ist schwer zu sagen, was wirklich da ist und was man sich nur einbildet.«

Die Freunde erreichten eine Weggabelung. Links ging es weiter ins Unbekannte, rechts führte der Weg zum Turm. Es handelte sich um eine schmale Straße, die auf beiden Seiten von Häusern gesäumt wurde.

»S...Seht ihr das da?«, stammelte Thimon unvermittelt und deutete auf die Wand eines der Häuser. Fleck begann zu fauchen.

»Ist das …« Hanissa stockte. »Ist das *Blut*?«

Es waren Wörter aus großen dunkelroten Runen, und sie wirkten unglaublich falsch. Ihre Ränder waren verlaufen, und dünne Linien zogen sich von ihnen die Wand hinab. Obwohl Tomrin sie nicht verstand, sah selbst er, dass die Schriftzeichen schief waren. Als hätte ein des Schreibens kaum mächtiger, böser Riese sie an die Hauswand geschmiert.

»Kann das jemand übersetzen?«, fragte Tomrin gedämpft. Alle waren stehen geblieben.

»Können schon«, murmelte Sando. Seine Stimme klang belegt.

»Ab hier nur Tod!«, sagte Thimon und schluckte hörbar. »Das steht da!« Der kleine Zwerg war kreidebleich geworden.

»Ob das die Zwerge von einst hinterlassen haben?«, fragte Hanissa leise. »Hennruk Erzfinder und seine Kameraden? Oder deren Söhne?«

»Wäre möglich«, antwortete Sando. »Aber irgendwie bezweifle ich ...«

Ein lauter Knall aus einem der leeren Häuser ließ ihn zusammenzucken. So klang es, wenn stürmischer Wind einen Fensterladen zuschlug. Doch hier ging kaum Wind.

»Habt ihr das auch gehört?« Fragend sah Sando seine Freunde an.

Tomrin, Hanissa und Thimon blickten sich unsicher um. Tomrin legte die Hand auf den Schwertknauf, bereit, es sofort zu ziehen, wenn sich eine Gefahr zeigte. Erst als nirgendwo etwas Bedrohliches zu sehen war, lockerte er seinen Griff wieder. »War wohl doch nur der Wind«, murmelte er.

Hanissa warf ihm einen Blick zu, der *Das glaubst du doch selbst nicht* zu bedeuten schien.

Dass sich etwas verändert hatte, begriff Tomrin erst, als Thimon erschrocken aufschrie. Schnell wirbelte er herum, zog nun doch das Kurzschwert aus der Scheide – und erstarrte!

Die Schrift an der Hauswand war fort.

»Was in aller Götter Namen ...« Sando hatte die Hand ausgestreckt und trat so vorsichtig auf das Haus zu, als erwarte er, dass sich in der Wand ein Maul öffnete, das ihn beißen wollte. Pip auf seiner Schulter sah ihn fragend an. »Das … Das ist doch unmöglich!«, stammelte er.

Doch von der blutroten Warnung war keine Spur mehr zu sehen. Die Wand sah aus, als hätte es die Zwergenrunen nie gegeben.

Sando strich mit der Handfläche darüber. Seine Stimme zitterte leicht. »Die ist kalt. Eiskalt. Wie eine ...« Er brach ab und sah zu Thimon, als wolle er sich sein nächstes Wort verkneifen, um den Zwergenjungen nicht zu beunruhigen.

Doch dafür war es zu spät. »Wie eine Leiche?«, beendete Thimon den Satz. Dabei streckte er die Hand Schutz suchend nach Fleck aus.

»Was auch immer das war«, murmelte Tomrin und spürte, wie ihm eine Gänsehaut über den Rücken lief, »Farbe war es nicht.«

»Das gefällt mir nicht ...«, meinte Sando. »Ich ...«

In diesem Moment drang aus dem Haus zu ihrer Rechten ein wehklagendes Heulen, das Tomrin bis ins Mark ging.

»Rachegeister!« Ohne zu zögern griff Hanissa nach Sandos und Thimons Hand, warf Tomrin einen auffordernden Seitenblick zu und rannte los. Tomrin und Fleck folgten ihr. Pip flatterte aufgeschreckt über ihren Köpfen.

Die Freunde blieben erst stehen, als sie fünf Ecken weiter waren und ein wenig Abstand zwischen sich und die unheimlichen Häuser gebracht hatten. Keuchend und blass sahen sie sich an.

»Wenn das hier schon tagsüber so grausig ist«, stieß Tomrin hervor und strich Fleck über den Kopf, »will ich nicht wissen, wie sich der arme Bortha im Dunkeln gefühlt haben muss.«

Hanissa hob die Hand. »Riecht ihr das?«

»Schwefel?«, fragte Sando.

»Keine Ahnung, aber genauso hat es im Luttenpark gerochen. Wisst ihr noch? Als wir mit Hennruk Erzfinder sprachen. Ihr meintet, es käme vielleicht von den ungewaschenen Zwergenbärten.«

Thimon sah die beiden wissend an. »Das ist der *Odem.* So nennen mein Vater und meine Onkel es zumindest. Dieser Geruch haftet jedem an, der lange in den Stollen unter den Verbotenen Hügeln gearbeitet hat. Vater sagt, man wird ihn nie wieder los – egal, wie oft man badet.«

Sando zuckte mit den Schultern. »Na und? Dann riecht's hier eben nach alten Bergleuten. Immerhin ist das ein Bergbaugebiet und …« Plötzlich begriff er. »Es *war* Bergbaugebiet! Aber durch diese Straßen gehen längst keine Bergleute mehr«, murmelte er leise. »Seit zwanzig Jahren nicht mehr.«

»Zumindest keine lebenden«, flüsterte Thimon.

Niemand widersprach ihm.

Der Turm stand am Ende einer langen Gasse und war mit Abstand das höchste Gebäude weit und breit – eine runde Säule aus dunklem Stein, die von mehreren Fensterhöhlungen durchbrochen war.

Hanissa konnte sich nicht erklären, welchen Zweck er einmal erfüllt hatte. Trotz der langen Zeit, die vergangen war, hatten Wind und Wetter dem Bauwerk kaum zugesetzt. Was Zwerge errichteten, war für die Ewigkeit gebaut.

»Da geht's hoch«, sagte Sando und deutete zum Eingang, hinter dem eine Wendeltreppe begann. »Bortha hat diesen Weg genommen. Er war da oben, also sollten wir mit unserer Suche dort beginnen.«

Die anderen nickten. Tomrin packte sein Kurzschwert fester, dann betraten sie den Turm. Das Innere des Gebäudes war so schmucklos wie sein Äußeres. Die steinerne Treppe war eng und schien kein Ende zu nehmen. Durch die kleinen Fensteröffnungen konnte Hanissa nach draußen auf das Viertel sehen. Hinter den kleinen Zwergenhäusern erhob sich die *Schwelle*, ein gewaltiger Fremdkörper im Stadtbild. Erst dahinter begann das Bondingor, das sie kannte. Wo das Leben sicher war und Spaß machte. Mit einem Mal fühlte sie sich ihm sehr fern.

Als sie das Turmzimmer erreichten, waren sie ziemlich außer Puste. Fleck setzte sich ganz erschöpft neben den Treppenabsatz.

»Schöne Aussicht«, sagte Tomrin leise und trat zu einer der vielen Fensteröffnungen. Das Turmzimmer war so gebaut, dass man von jedem Standpunkt aus einen freien Blick auf die Umgebung hatte. Im Winter, wenn der Wind durch den Raum pfiff, musste es hier unerträglich kalt sein. Aber heute ließ es sich aushalten.

»Schaut mal.« Sando deutete nach links. »Da ist das Moor.«

Tatsächlich: Jenseits der Stadtmauer begann das sumpfige Stück Land, von dem Bondingor im Südosten umgeben war.

»Und hier ist Wonkas Zunderbüchse«, sagte Thimon und hob ein kleines Döschen hoch, das auf dem Boden lag. Daneben befand sich ein fast abgebrannter

Kerzenstummel. »Damit hat Bortha die Kerze angezündet, mit der er uns vorgestern Nacht sein Zeichen gab.«

»Zeig mal her«, bat Hanissa. Sie nahm das Döschen, in dem sich Schwefelhölzer, Feuerstein und ein wenig Zunder befanden. *Bortha hat es in der Hand gehalten,* dachte sie. *Vielleicht genügt das schon, um …*

Sie hielt die Zunderbüchse Pip unter die kleinen Nüstern. Die bellurische Spürechse saß auf Sandos Schulter und beschnupperte die Büchse ausgiebig. Dann gab sie ein trällerndes Geräusch von sich, breitete ihre kleinen Flügel aus und stieg in die Luft.

»Die hat eine Spur!«, rief Sando begeistert.

Tomrin grinste. »Na ja, Osrum hat gesagt, was Pip nicht findet, muss erst noch verloren gehen.«

Die Echse war inzwischen schon am Treppenabsatz und machte sich auf, wieder nach unten zu fliegen.

»Jedenfalls scheint sie zu wissen, wohin wir als Nächstes müssen«, sagte Hanissa. »Also los, Jungs, nichts wie runter.«

Fleck schnaubte. Es klang wie ein Seufzer.

Der dunkle Stolleneingang war wie das Maul eines Raubtiers. Groß, schwarz und bedrohlich lag er am hinteren Ende eines Geländes, das früher einem Bergbauunternehmen gehört hatte. Selbst das Tageslicht schien vor ihm Angst zu haben, denn es traute sich kaum in den Stollen hinein. Je näher die Freunde dem Eingang kamen, desto unerträglicher wurde der *Odem*, der aus dem Inneren der Erde drang.

»Ihr wollt doch nicht wirklich da rein, oder?«, fragte Thimon zaghaft. Der Zwergenjunge hatte den viel zu großen Helm abgenommen, hielt ihn sich vor die Brust und klammerte sich daran wie ein Ertrinkender an eine Rettungsleine.

»Pip will es aber«, antwortete Sando und deutete auf die kleine Spürechse. Pip schwebte vor der Öffnung, die ins Erdinnere führte. Sie schien darauf zu warten, dass die anderen ihr folgten. »Ihrer Ansicht nach ist Bortha hier hineingegangen.«

Tomrin drehte sich zu den verfallenen Häusern um. Diese Gegend musste früher ganz anders gewesen sein: voller Gelächter und Gespräche der Bergleute. Doch dann war das Grauen gekommen – und jetzt lebte hier nichts und niemand mehr. »Lasst uns reingehen. Wir sind schließlich hergekommen, um Bortha und die anderen zu finden.«

»Außerdem …« Hanissa war zu ein paar verrotteten Holzfässern hinübergegangen, die in der Nähe des Eingangs standen. Sie hob einen Gegenstand auf.

Sando sog erschrocken die Luft ein. »Ist das Grimbaks Wurfaxt?« Die kleine Waffe kam ihm bekannt vor.

»Es ist zumindest *eine* Wurfaxt«, erwiderte Hanissa leise Mit besorgter Miene hielt sie ihm die Waffe hin. »Hier, schau dir das mal an, Sando. Unten im Griff sind irgendwelche Runen eingeritzt.«

Sando warf nur einen kurzen Blick darauf. »Das bedeutet Kohlebart. Der Name von Grimbaks Klan. Freiwillig hat Grimbak diese Waffe hier bestimmt nicht zurückgelassen.«

Tomrin hob sein Schwert ein wenig und machte einen weiteren Schritt auf die klaffende Öffnung zu. »Ich will verdammt sein, wenn ich diesem Geheimnis nicht auf den Grund gehe.«

Hanissa blickte Thimon an. »Möchtest du uns von hier aus helfen?«, fragte sie lächelnd.

Der Zwergenjunge nickte dankbar und erleichtert. »Aber wie denn?«

»Hier.« Sie griff unter ihre Kleidung und brachte ihre Geldbörse zum Vorschein. »Sie ist mit einem Findezauber belegt. Wenn du hier bleibst und sie festhältst, können wir uns im Stollen nicht verirren. Egal, wo wir sind, wir können immer ein magisches Band rufen, das uns auf schnellstem Weg zu dir und der Börse zurückführt.«

Thimons Augen wurden groß. Er nahm die Börse so vorsichtig und ehrfurchtsvoll an, als gehöre sie Gumrak Eisenschild persönlich.

Tomrin lächelte. »Also gut. Thimon, du wartest hier und bist unser Anker. Nissa, Sando, Fleck, Pip und ich gehen rein.«

Die drei verabschiedeten sich von Thimon.

Tomrin nahm Borthas Zunderbüchse und entzündete seine mitgebrachte Laterne.

Sando trat derweil gegen eines der Holzfässer und brach sich ein längliches Stück heraus. »Ein Knüppel«, erklärte er, als er Tomrins fragenden Blick bemerkte. »Mein Dolch ist zwar nicht schlecht, aber je nachdem, was uns da unten erwartet, kann's nicht schaden, zwei Waffen zu haben.«

Hanissa atmete tief durch »Los geht's.«

Die Freunde traten ins Dunkel.

KAPITEL 10
Hämmern in der Tiefe

Tomrin war niemand, der schnell Angst bekam. Aber im Augenblick hatte er ein unglaublich mieses Gefühl. Er wünschte sich wirklich, dass sie Bortha und die anderen Zwerge bald fanden.

Der Junge hob die Laterne etwas höher, um Pip nicht aus den Augen zu verlieren, die vor ihnen herflatterte. Der Lichtkegel reichte nur einige Schritte weit. Dahinter lag völlige Finsternis. Der Stollen war offensichtlich sehr alt. Schwere Holzbalken stützten die steinerne Decke, die erstaunlich hoch über den Köpfen der drei Freunde lag. *Vielleicht sind die Zwerge hier früher mit Fuhrwerken hereingefahren, um das Geröll wegzuschaffen*, dachte Tomrin.

Auf einmal fiel Tomrin ein Schillern auf dem Boden auf. »Seht mal, da vorne«, sagte er und deutete in die Richtung.

Die drei traten näher. Ein öliger, feuchter Fleck befand sich dort.

Hanissa fuhr zusammen. »Geisterblut«, flüsterte sie.

»Was sagst du da?«, fragte Sando unsicher, während er Fleck zurückhielt, der versuchte, an der Lache zu schnuppern.

Hanissa wiederholte, was Magister Huibur ihr über die Spuren mancher Geister erzählt hatte.

Tomrin lief ein Schauer über den Rücken. Er schob sein Schwert zurück in die Scheide. Seine Hand wanderte zu einer der Geisterbomben, die ihm Hanissa gegeben hatte und die in einer Tasche seines Wamses steckte. »Das gefällt mir immer weniger.«

»Mir geht's genau wie dir«, sagte Sando. Er hielt den Holzprügel so fest, dass seine Fingerknöchel weiß hervortraten.

Hanissa zupfte Tomrin am Ärmel. »Kommt weiter.«

Tiefer und tiefer drangen sie in den Stollen vor, der sich als regelrechtes Stollennetz erwies. Mehr als einmal zweigten dunkle Gänge zur Linken und zur Rechten ab. Steile, bodenlos wirkende Schächte stürzten jäh neben ihnen in die Tiefe. Außerdem gabelte sich ihr Weg mehrfach. Wäre Pip nicht gewesen, die mit scheinbar untrüglicher Sicherheit vor ihnen herflog, hätten die drei Freunde bereits nach wenigen Minuten nicht mehr gewusst, wohin sie sich wenden sollten.

»Mann, geht das weit unter die Erde«, raunte Sando in Tomrins Rücken.

»Allerdings«, gab Tomrin zurück. »Wir müssen uns in einer der ganz alten Minen befinden.«

»Ob hier unten die frühere Stadt der Zwerge liegt?«, warf Hanissa ein.

Tomrin wandte sich zu ihr um. Sie wirkte ängstlich und neugierig zugleich. »Glaube ich nicht«, meinte er. »Es wird hier bestimmt nicht mehr als ein paar Wohnhöhlen geben. Herr Erzfinder hat doch erzählt, dass die Zwerge gerade erst dabei waren, ihre Stadt zu errichten, als es zu dem Unglück kam. Und danach sind sie ziemlich schnell an die Oberfläche gezogen.«

»Schade«, sagte Hanissa. »Ich würde gerne mal so eine prächtige Stadt unter dem Berg sehen.«

»Könntest du deine Reisepläne bis zu unserer sicheren Rückkehr in die Drachengasse verschieben?«, mischte sich Sando flüsternd ein. »Wir müssen Augen und Ohren offen halten, wenn wir nicht …«

Er wurde von Fleck unterbrochen, der ein aufgeregtes Quäken von sich gab.

»Was ist los, Fleck?«, fragte Tomrin.

Hanissa sah sich alarmiert um. »Er hat etwas gehört.«

Sofort verfielen die drei in Schweigen und horchten angestrengt in die Dunkelheit.

Da war wirklich etwas. Ganz leise. Es klang wie ein Hämmern irgendwo unter ihnen.

Tomrin schluckte. »Irgendetwas ist da.«

»Es klingt, als würde jemand Erz abbauen …«, murmelte Sando. Er brach ab.

Als Tomrin mit seinem Freund einen Blick wechselte, sah er, dass dieser das Gleiche dachte wie er selbst: *Die Geister der verschütteten Bergleute …*

»Wir werden es herausfinden«, sagte Hanissa. Doch so mutig ihre Worte auch klangen: Die Anspannung in ihrer Stimme war nicht zu überhören.

Flecks Schwanz zuckte unruhig hin und her.

Tomrin warf dem Drachen einen unbehaglichen Blick zu. »Ganz ruhig, Fleck. Jetzt bloß nicht verwandeln.«

»Vielleicht wäre das gar nicht so schlecht«, meinte Sando. »Mit einem riesigen Drachen an meiner Seite würde ich mich gleich viel besser fühlen.«

»Aber gegen Geister kann Fleck nichts ausrichten, egal ob klein oder groß«, gab Tomrin zu bedenken.

»Auch wieder wahr.«

So wachsam wie möglich drangen sie tiefer in die alte Zwergenmine vor, immer der kleinen blauen Pip nach, die zielstrebig und allem Anschein nach völlig furchtlos vor ihnen herflatterte.

Das unheimliche Hämmern wurde mit jedem Schritt lauter. Es ließ sich nicht mehr leugnen, dass in der Tiefe der Mine etwas am Werke war. Wer oder was auch immer es war, hielt wahrscheinlich Bortha und die Grubenjungs gefangen, denn Osrums bellurische Spürechse flog genau darauf zu.

»Da vorne wird der Gang heller«, bemerkte Tomrin auf einmal.

»Mach schnell das Licht aus«, zischte ihm Hanissa zu, und Tomrin löschte die Flamme.

Es wurde dunkel um sie, aber nicht so stockfinster, wie es noch vor ein paar Minuten der Fall gewesen wäre. Ein schwacher, flackernder Lichtschein erhellte die schweren, alten Stützbalken des Stollens. Und von dort, wo das Licht war, drang auch das Hämmern herauf.

»Jetzt keinen Mucks«, flüsterte Tomrin. »Das gilt auch für dich, Fleck.«

Der kleine Drache krächzte leise, als habe er verstanden.

Geduckt schlichen die Freunde näher, bis sie schließlich die Stelle erreicht hatten, an der das Licht in den dunklen Gang fiel. Dann gingen sie in die Hocke und schoben sich auf allen vieren vorwärts, bis sie sehen konnten, was vor ihnen vor sich ging.

Der Anblick verschlug ihnen die Sprache.

Direkt vor ihnen endete der Stollen in einer weitläufigen Höhle. Tomrin schätzte, dass sie beinahe fünfzig

Schritt lang und gut halb so breit war. Die Decke war so hoch, dass Fleck selbst in seiner Nachtfressergestalt zweimal übereinander hineingepasst hätte, ohne sich den Kopf zu stoßen. Glitzernde Felszapfen hingen von ihr herab. Auch überall am Boden glitzerte es im Schein zahlloser Laternen. Bei genauerem Hinsehen erkannte Tomrin, dass das Funkeln von Kristallen herrührte, die im Gestein eingeschlossen waren. Sie waren von violetter Farbe und zogen sich in langen Adern durch die Höhle.

Überall entlang der Adern waren Bergleute zugange – und es waren keine Geister, die hier ihr Unwesen trieben, es waren Menschen! Tomrin zählte auf die Schnelle mindestens ein halbes Dutzend. Dazu kamen zwei Trolle, die Karren voller Steinschutt vor sich herschoben, zwei Gnome und ein sehr heruntergekommen wirkender Elf. Das unheimliche Hämmern, das sie vorhin gehört hatten, rührte von den Werkzeugen her, mit denen die Bergleute auf die Kristalladern einschlugen.

»Bei Gumps Bart«, murmelte Sando fassungslos. »Die betreiben ja hier richtig Bergbau.«

»Und das offenbar heimlich«, fügte Tomrin hinzu. »Damit wäre schon mal der *Odem* erklärt, von dem Thimon sprach und den wir oben in der Stadt gerochen haben.«

»Nein«, murmelte Hanissa. »Diese paar Gestalten sind unmöglich genug dafür. Aber seht mal dort drüben.« Sie zeigte auf eine Nische zwischen den Felsen, in der ein Tisch, ein paar Stühle und einige Kisten standen.

Die Kisten waren geöffnet und enthielten offensichtlich Ausrüstungsgegenstände, wie sie Tomrin noch nie gesehen hatte. Neben ihnen befand sich ein weiterer Stolleneingang.

»Windflöten der gefiederten Truul«, erklärte Hanissa. »Sehr selten. Man hört sie hierzulande kaum. Aber sie erzeugen genau dieses heulende Geräusch, das wir oben in den Straßen gehört haben. Darauf hätte ich auch früher kommen können. Ich glaube, in dem Fässchen daneben ist Xix-Öl.« Die Xix waren ein geheimnisvolles Insektenvolk, das im Nordosten von Bondingor in einem hoch aufragenden Turmbau lebte. »Sie verwenden es, um ihre Panzer einzuölen«, fuhr Hanissa fort. »Das könnte die ölige Lache erklären, die wir im Gang gesehen haben.«

Tomrin staunte. »Du meinst, der ganze Spuk, vor dem wir solche Angst hatten, ist nur ein Trick, um Neugierige abzuschrecken? Damit niemand diese Kerle dabei stört, hier heimlich Gold, Tiefensilber und Valoran-Kristall abzubauen?«

»Genau. Und den *Odem* haben die Kerle sicher erzeugt, indem sie den Schutt aus den Stollen mit Wasser gemischt und dann überall in den Verbotenen Hügeln an den Straßenrand gekippt haben.« Sie klang, als ärgere sie sich darüber, auf die Täuschung hereingefallen zu sein.

»Einfach, aber wirkungsvoll«, warf Sando ein. »Die Zwerge hinter der *Schwelle* machen sich beinahe in ihre Kettenhemden.«

Und wir waren auch nicht weit davon entfernt, fügte Tomrin stumm hinzu. »Was ist mit der Schrift an der Wand?«, fragte er.

Seine Freundin schnitt eine Grimasse. »Sicher irgendeine Zauberschrift, die plötzlich auftauchen und auch wieder verschwinden kann. Ich habe darüber mal in einem Buch gelesen, aber vorhin nicht daran gedacht.«

Pip, die neben ihnen in der Luft schwebte, trällerte leise und flatterte vor und zurück.

»Sie will weiter«, stellte Sando fest. »So aufgeregt, wie sie ist, müssen Bortha und die Grubenjungs ganz in der Nähe sein.«

Tomrin ließ seinen Blick erneut durch die Höhle schweifen, und dabei fiel im plötzlich etwas ins Auge, das ihm zuvor entgangen war. »Sie hat recht!«, sagte er und deutete auf eine Stelle neben einem weiteren Stolleneingang. Dort befand sich auf halber Höhe zwischen Boden und Decke ein Felsvorsprung. Darunter lag eine Nische in der Felswand. Irgendjemand hatte schwere Holzbalken davor gestellt und vernagelt. Und durch die Lücken dieses behelfsmäßigen Gatters schauten vier kleine Gesichter.

»Bortha, Wonkar, Grimbak und Tumril!«, entfuhr es Sando. »Sie leben!« Er klang unendlich erleichtert.

»Wir müssen irgendwie dort rüber«, sagte Tomrin.

Hanissa schnitt eine Grimasse. »An diesen Raubgräbern kommen wir bestimmt nicht vorbei.«

»Das befürchte ich auch«, stimmte Tomrin ihr zu. »Wir müssen uns einen Weg durch den Stollen suchen, der genau dort drüben wieder herausführt.«

Sando wandte sich an die kleine Spürechse. »Pip, kannst du einen Weg für uns suchen?«

Das blau geschuppte Reptil gurrte leise und huschte zurück in den Gang.

»Offenbar kann sie es.« Sando grinste.

Rasch entzündete Tomrin erneut die Laterne. Dann liefen die drei Freunde der Spürechse hinterher.

Es beruhigte sie sehr zu wissen, dass sie nicht gegen böswillige Geister antreten mussten, sondern es mit ganz gewöhnlichen Raubgräbern zu tun hatten. Eine innere Stimme warnte Tomrin zwar davor, ein gutes Dutzend Verbrecher für einen leichten Gegner zu halten. Doch der Junge ging über sie.

Wir haben vor ein paar Wochen zwei waschechte Monsterjäger ausgestochen, dachte er, während er einem weiteren der bodenlosen Schächte auswich, die immer wieder im Boden aufklafften. *Da werden wir ja wohl mit ein paar Männern zurechtkommen, die Schaufeln schwingen.*

Aber da irrte er sich gewaltig. Das erkannte er im nächsten Moment, als sie um eine Ecke bogen und vor ihnen urplötzlich eine Wand aus Stein auftauchte – eine Wand mit tonnenförmigen Beinen, riesigen Pranken und einem Maul voll diamantharter Zähne.

Hanissa schrie auf. Sando fuhr zusammen, als habe ihn der Blitz getroffen. Fleck bekam einen heftigen Schluckauf. Pip flatterte unter die Decke und klammerte sich an einen herabhängenden Felsen.

Ein Steinfresser!, durchfuhr es Tomrin. *Und was für ein Riese!* Unwillkürlich wich er zurück.

Mit Krxl, dem sie in Rurzaks Steinmetzbetrieb begegnet waren, hatte dieses Ungetüm nicht viel gemein. Zwar bestand auch sein Körper aus dunklem Stein, doch das war auch schon alles. Wenn Krxl ein Berg von einem Kerl gewesen war, so war dieser Steinfresser ein Gebirge! Sein massiger Leib sah zerfurcht aus, wie eine schroffe Felslandschaft. Den quadratischen Schädel hielt er nach vorne gereckt, um nicht gegen die Stollendecke zu stoßen. Und seine schwarzen Augen glitzerten im Schein von Tomrins Laterne.

Steinfresser sind dumm, rief sich Tomrin in Erinnerung. *Dumm wie ein Stein.* »Äh … Hallo«, sagte er in der Hoffnung, dass sie sich an dem Hünen vielleicht vorbeimogeln konnten. »Wie geht es dir heute?«

Der Steinfresser hob die riesigen Pranken und gab ein tiefes, mahlendes Geräusch von sich. Drohend kam er einen Schritt näher. Seine Faust beschrieb einen Halbkreis in der Luft und zertrümmerte einen der Balken, die den Stollen stützten.

Hinter Tomrins Rücken quäkte Fleck. Dann war ein fleischiges Schmatzen zu hören.

»Los, weg hier«, rief Sando. »Der will nicht reden.«

Die drei wandten sich um und prallten erschrocken zurück.

Vor ihnen verwandelte sich Fleck gerade in den Nachtfresser!

»Oh nein«, entfuhr es Hanissa. »Nicht jetzt.«

Doch Fleck hörte nicht auf das Mädchen. Er hob ebenfalls die Arme, öffnete sein nun gefährlich großes Maul und stieß ein ohrenbetäubendes Drachenbrüllen aus. Ohne Zweifel wollte er seine Freunde beschützen. Doch leider blockierte er, groß wie er nun war, gleichzeitig ihren Fluchtweg.

»Fleck, pass doch auf!«, rief Sando und duckte sich, um Flecks wirbelnden Krallen zu entgehen, mit denen der Jungdrache den Steinfresser zu verjagen versuchte.

Das steinerne Ungetüm hob den Blick und richtete seine Aufmerksamkeit auf den neuen Gegner. Dabei drehte es den massigen Leib ein wenig, und eine Lücke entstand zwischen ihm und der Stollenwand.

»Schnell!« Tomrin packte Hanissas Hand und stürmte los. Er zog blitzschnell den Kopf ein, als die Hand des Steinfressers nach ihm zu greifen versuchte. Im nächsten Augenblick waren die beiden an dem Monstrum vorbei und befanden sich hinter seinem Rücken.

Tomrin fuhr herum und sah, dass Sando ihnen mit einem gewagten Satz folgte. Im Vorbeihechten verpasste er dem Steinfresser einen Hieb mit dem Knüppel. Doch damit erreichte er nur, dass dieser in zwei Teile zersplitterte.

Der Steinfresser grollte erneut, und Fleck antwortete mit einem Brüllen.

»Fleck!«, schrie Hanissa. Sie wollte losstürmen und sich dem Steinfresser in den Rücken werfen, doch Tomrin hielt sie fest.

»Was soll das werden? Willst du dich umbringen?«, fuhr er sie an.

»Wir müssen Fleck helfen«, gab das Mädchen hitzig zurück.

»Wie denn? Hiermit?« Tomrin ließ Hanissa los, riss sein auf einmal lächerlich klein wirkendes Kurzschwert aus der Scheide und hielt es ihr unter die Nase. »Der macht uns doch zu Brei!«

Irgendwo in der Ferne waren Männerrufe zu hören.

Sando fluchte. »Sie haben uns gehört. Wir müssen hier weg.«

»Aber wir können Fleck nicht zurücklassen«, beharrte Hanissa.

Mittlerweile standen sich die beiden ungleichen Gegner Auge in Auge gegenüber. Der Steinfresser holte aus, um Fleck die Faust auf den Schädel zu schmettern. Doch Fleck fing den Hieb mit seinen klauenbewehrten Vorderläufen ab. Als Nachtfresser hatte er Riesenkräfte, und seine Angst ließ diese noch weiter wachsen.

Tomrin sah, wie Fleck zum Gegenangriff überging. Er schlug mit seinen Klauen nach dem Ungetüm. Graue Steinsplitter flogen in alle Richtungen, doch das schien den Steinfresser kaum zu kümmern. Er hob beide Hände und stieß Fleck mit Wucht von sich.

Der Drache stolperte rückwärts und krachte gegen einen Stützbalken. Knirschend brach das oberschenkeldicke Holz unter seinem Gewicht, und ein Felsbrocken schlug auf Flecks Schädel. Er stieß ein schmerzerfülltes Brüllen aus und schüttelte wie betäubt den Kopf.

»Fleck!«, schrie Hanissa noch einmal und zappelte in Tomrins Griff.

Der Steinfresser setzte nach, um seinen Gegner vollends unschädlich zu machen. Fleck sprang ihm entgegen. Sein furchteinflößendes Maul öffnete sich, um nach dem grauen Ungetüm zu schnappen. Harte Drachenzähne bohrten sich in die steinerne Schulter und rissen einen Brocken heraus. Doch auch dieser Angriff konnte den Steinfresser nicht aufhalten. Er packte den Drachen und zog ihn zu sich heran.

Mit schierer Gewalt versuchten die beiden Ungeheuer, einander niederzuzwingen. Dabei zertrümmerte Flecks Schwanz einen weiteren Stützbalken. Geröll und Erde prasselten auf ihn und den Steinfresser herunter.

Irgendwo hinten im Gang wurden die Stimmen lauter.

»Hanissa, bitte!«, drängte Tomrin das Mädchen. »Wir können Fleck nicht helfen. Wir …«

In diesem Moment geschah es!

Mit seinem massigen Körper hatte der Steinfresser Fleck Schritt für Schritt nach hinten gedrängt. Plötzlich gab der Drache ein erschrockenes Jaulen von sich und strauchelte.

Ist da nicht ein Schacht im Boden?, durchzuckte es Tomrin. »Nein!«, schrie er. »Fleck, pass auf!«

Doch es war schon zu spät. Fleck verlor das Gleichgewicht und fiel nach hinten. In seiner Panik schlang er seinen Schwanz um ein Bein des Steinfressers und riss den Koloss mit sich. Beide stürzten in den Schacht.

»Fleck!«, schrien Tomrin, Hanissa und Sando gleichzeitig. Ohne auf die Stimmen zu achten, die sich ihnen immer weiter näherten, rannten sie auf das Loch im Boden zu.

Nichts als tiefe Finsternis war darin! Von dem Steinfresser und Fleck war keine Spur zu sehen. Vor Tomrins Augen stieg das furchtbare Bild von Fleck auf, der zerschmettert und vom Leib des Steinfressers begraben unter der Erde lag. Seine Flügel hatte er in dem engen Schacht nicht ausbreiten können.

»Oh nein.« Hanissa presste fassungslos die Faust vor den Mund.

Tomrin hatte sich hingekniet und wollte gerade mit seiner Laterne in den Schacht hineinleuchten, als eine raue Männerstimme ihnen zurief: »He, ihr da! Wer seid ihr?«

Hastig richtete sich Tomrin auf. Hinter einer Ecke waren der verwahrloste Elf und ein kräftiger, bärtiger Menschenmann aufgetaucht. Sie trugen Fackeln und Spitzhacken in den Händen.

»Schnell weg«, zischte Sando und spurtete los. Tomrin und Hanissa rannten ihm hinterher.

Doch auch der Weg in die andere Richtung war ihnen versperrt. Im Schein zusätzlicher Fackeln kamen drei weitere Männer näher. Einer von ihnen hinkte und ging gebeugt, als trage er eine schwere Last. Auf seinem Rücken saß ein runder Buckel. »Ergreift sie!«, krächzte er.

Sando zückte seinen Dolch, und Tomrin hob sein Kurzschwert.

Der Bucklige lachte meckernd. »Glaubt ihr wirklich, ihr könnt uns damit beeindrucken? Wir sind fünf, ihr nur drei. Und es gibt noch viel mehr von uns hier unten. Außerdem haben wir die größeren Waffen.« Er deutete auf die Spitzhacken seiner Begleiter. Der Elf zog ein langes, scharfes Messer.

Tomrin presste die Lippen zusammen. Er war kein schlechter Schwertkämpfer. Wäre er allein gewesen, hätte er vielleicht versucht, an den Männern vorbeizuschlüpfen. Aber da waren ja auch noch Sando mit seinem mickrigen Dolch und Hanissa, die gar keine Waffen hatte. Wenn sie hier kämpften, mochten sie verletzt oder sogar getötet werden. Er warf einen Blick zu Sando hinüber, den anscheinend ähnliche Gedanken plagten.

»Los, ergebt euch«, forderte der Bucklige sie auf. Er schien der Anführer zu sein. »Euch wird kein Leid geschehen, wenn ihr spurt. Niemand von uns will Kindern weh tun. Auch wenn es echt ärgerlich ist, dass ihr hier unten herumstromert.«

Wir haben keine andere Wahl, dachte Tomrin. Widerwillig senkte er die Klinge. Im nächsten Moment war der Elf bei ihm und nahm ihm sein Schwert ab.

»Sehr gut, sehr gut.« Der Bucklige rieb sich zufrieden die Hände.

»Wo ist Brck?«, fragte der bärtige Mann. »Ich dachte, ich hätte ihn gehört.« Er meinte offenbar den Steinfresser.

»Er ist in den Schacht gestürzt«, antwortete Tomrin düster. »Zusammen mit unserem Drachen.«

»Ein Drache, so so.« Der Bucklige lachte erneut. »Erzählt keine Märchen, ihr Bälger. Drache, pah.« Er humpelte auf den Schacht zu. »Fackel!«, befahl er, und als der Bärtige ihm seine reichte, ließ er sie kurzerhand in das Loch fallen.

Ein unwilliges Grollen drang aus der Tiefe empor. Tomrin, Hanissa und Sando sahen sich ungläubig an.

»Ha, dieser Nichtsnutz von Brck ist wirklich in den Schacht gefallen«, krächzte der Bucklige. »Hängt dort unten in der Tiefe fest. Wir werden Taue und ein paar Leute brauchen, um ihn herauszuholen.«

Seine Begleiter nickten beifällig.

»Fleck …«, hauchte Hanissa und wand sich im Griff des Mannes, der sie am Arm gepackt hatte. Sie versuchte, einen Blick über den Rand des Schachtes zu werfen.

»Euer Drache, was? Den könnt ihr vergessen. Wenn da jemals ein Drache war, ist er in die Tiefe gestürzt. Dann ist er tot.« Der Bucklige beugte sich zu ihnen. Auf seinem Gesicht lag Häme. »Und ihr seid unsere Gefangenen.« Er machte eine herrische Geste. »Führt sie ab!«

KAPITEL 11
Verloren

Da rein!«

Sando spürte, wie ihm der Bucklige einen groben Stoß gegen den Rücken verpasste. Mit taumelnden Schritten betrat er das Gefängnis, diese kalte, feuchte Nische hinter den schweren Holzbalken, wo schon Bortha und die Grubenjungs hockten. Pip flatterte erschrocken von seiner Schulter auf und folgte ihm.

Dann wurden Tomrin und Hanissa in die Zelle geschubst. Bortha, Tumril und Grimbak sahen mit einer Mischung aus Furcht und ohnmächtigem Zorn zu. Nur Wonkar wirkte, als wolle er jeden Moment auf ihre Entführer losgehen und um seine Freiheit kämpfen.

»Und keinen Mucks mehr, klar? Sonst ergeht es euch schlecht.« Der Bucklige blieb vor den Kindern stehen und fuhr sich drohend mit dem Finger über den Hals.

Die Geste hätte er sich sparen können. Sando verstand auch so, dass Widerstand hier nicht gefragt war.

»Ihr feigen Kerle!«, schimpfte Tomrin, zitternd vor Zorn. »Was fällt euch ein? Mein Vater ist …«

»… bestimmt untröstlich, wenn er dich nicht mehr wiedersieht«, unterbrach ihn der Bucklige, zog die Nase hoch und spuckte in hohem Bogen aus. »Also sei schlau, halt die Klappe und tu, was man dir sagt.«

»Niemals! So könnt ihr nicht mit uns umgehen. Ihr seid unrechtmäßig hier. Sobald die Stadtgarde davon erfährt, kommt ihr hinter Schloss und Riegel.«

Neben dem Buckligen stand der verwahrloste Elf. Sein silbernes Haar hing ihm in zotteligen Strähnen ins hagere Gesicht, seine Kleidung war abgewetzt und seine blasse Haut von Dreck und Staub bedeckt. Nun packte er Hanissa an der Schulter und zerrte sie zu sich. »Kleiner, die Sache ist ganz einfach«, knurrte er dabei, sah Tomrin drohend an und zog ein schmutziges Taschentuch aus seiner verschlissenen Hose. »Entweder benehmt ihr euch wie brave Gefangene, oder wir sparen uns den Käfig, fesseln euch und stecken euch dicke Knebel in den Mund, damit ihr endlich Ruhe gebt. Entscheide dich.« Er fuchtelte mit dem Tuch, das wohl ein Knebel werden sollte, vor Hanissas schreckgeweiteten Augen herum.

Tomrin wusste, wann ein Kampf verloren war. »Wir sind still«, sagte er leise. »Lasst sie gehen.«

Zufrieden ließ der Elf von Hanissa ab und gab ihr einen Schubs. Dann schlossen die Halunken die behelfsmäßige Zellentür und legten zwei schwere Balken davor, die sie zusätzlich mit Ketten und Vorhängeschlössern sicherten. Nun waren Sando und seine beiden Freunde so hilflos und verloren wie die Grubenjungs.

Die Männer entfernten sich.

»Alles in Ordnung?«, fragte Wonkar leise und sah Hanissa an.

Bortha zog ein sauberes Tuch aus der Tasche seines Wamses und hielt es ihr hin.

Sie schüttelte den Kopf, und Sando sah die Tränen in ihren Augen. »Fleck …«, flüsterte sie.

Nun musste auch Sando schlucken. Der Drache war vor ihrer aller Augen in den sicheren Tod gestürzt. Mit einem Mal fühlte sich Sando ganz leer. Völlig taub.

»Diese verkommenen Kerle haben ihn auf dem Gewissen«, zischte Tomrin. Er hatte die Hände zu Fäusten geballt und stand vor den Balken, als könne er sie allein mit Wut und Willenskraft überwinden. Jenseits der Barriere lagen ihre Waffen und die Ausrüstung auf dem Boden neben dem Höhleneingang – viel zu weit entfernt, als dass er sie von seinem Gefängnis aus erreicht hätte! »Und das alles für ein paar Klumpen Gold und Silber …« Tomrin schlug mit der Faust gegen das Holz. Nie zuvor hatte Sando seinen Freund so zornig und aufgewühlt erlebt.

»Na ja, mehr als nur ein paar, würde ich sagen.« Sando trat neben Tomrin. Er spähte zwischen den Balken hindurch.

In der Höhle hatten die Männer ihre Grabungen wieder aufgenommen. Die Menschen hämmerten mit Hacken und anderen Werkzeugen auf das Gestein ein. Die Gnome durchforsteten den Steinschutt nach allem, was brauchbar war. Außer violetten Kristallblöcken sah Sando auch Gold- und Tiefensilberbrocken zwischen den dreckigen Steinen liegen. Den Schutt luden die Trolle auf große Karren. Dann schoben sie diese in die Stollengänge.

»Es geht ihnen nicht nur um Gold und Silber«, fügte Bortha hinzu, der sich zu ihnen gesellte. »Der Kristall ist auch sehr wertvoll! Das ist Valoran, und ich habe gehört, wie einige der Männer hier sagten, dass …«

In diesem Moment erklangen draußen knirschende Schritte. Irgendjemand näherte sich der Nische. Sofort hielt Bortha den Mund und sah seine Gefährten warnend an.

Der Mann, der vor ihrer Gefängnistür auftauchte, war schmal und knochig, verbarg dies aber halbwegs geschickt unter seiner pechschwarzen Kleidung. Hose und Hemd waren so dunkel wie sein schulterlanges Haar, und auf seinem langen Mantel prangten silberne Runen, Sterne und andere Symbole. Der Hut auf seinem Kopf war ähnlich gemustert.

»*Was* hast du gehört, kleiner Zwergenbengel?«, knurrte der Mann und sah den jungen Wasserheber aus dunklen, bösen Augen an. »Na, sag's ruhig. Ich bin wirklich neugierig.«

Bortha schwieg. Wonkar wollte schon wieder aufbrausen, doch Grimbak legte ihm eine Hand auf die Schulter und schüttelte den Kopf.

»Gar nichts weißt du«, beantwortete sich der Mann seine Frage selbst. Er klang unfassbar arrogant. »Und warum? Weil die Zwergenklans zu dämlich und zu abergläubisch sind, um das zu nutzen, was hier unten ruht. Im Gegensatz zu mir.«

»*Ihr* habt hier also in Wahrheit das Sagen«, warf Hanissa ein. »Nicht dieser Bucklige.« Ihr Tonfall und ihre ganze Körperhaltung waren so trotzig und tapfer, dass Sando nur staunen konnte.

Der Mann legte den Kopf in den Nacken und lachte so schallend, dass es als Echo von den Felswänden zurückfiel. »Rogi? Ihr dachtet allen Ernstes, Rogi treffe hier die Entscheidungen? Köstlich, meine Kleine. Versteht mich nicht falsch, Rogi ist tüchtig und loyal bis in den Tod. Aber er ist nichts weiter als ein Werkzeug, genau wie alle anderen hier.« Dann wandte er sich an Sando. »Und du? Du hast auch keine Ahnung. Niemand von euch Unwürdigen ist ansatzweise klug genug, zu verstehen, um was es hier geht. Also bemüht euch nicht.«

»Es geht um das Valoran«, sagte Hanissa mit belegter Stimme. Obwohl ihre Wangen tränennass waren, streckte sie dem finsteren Mann trotzig das Kinn entgegen. »Ihr baut hier unten heimlich Valoran ab, richtig? Weil Ihr seine magischen Energien nutzen wollt. Ihr seid doch ein Magier, oder? Das verrät schon Euer Aufzug. Dunkle Kleidung, silberne Runen …«

Der Mann lächelte. »Xarblo Fel'Dathor ist mein Name. Du darfst dich freuen, mich kennenzulernen. Obwohl … In deiner Lage wohl eher nicht.« Dabei hob er die Hände vor die Brust und legte die Fingerspitzen aneinander.

Sando bemerkte, dass Xarblos Nägel violett lackiert waren. Ihm fiel eine Bemerkung ein, die Hanissa am Vortag im Luttenpark gemacht hatte. Irgendetwas über bucklige Gehilfen und lackierte Nägel … »Ihr seid ein Schwarzmagier!«, platzte es aus ihm heraus. Er warf Hanissa einen Seitenblick zu, als wollte er sagen: Siehst du, es gibt sie doch.

Hanissa war jetzt völlig außer sich. »Schwarzmagie ist so ziemlich das Böseste und Niederträchtigste, was man sich vorstellen kann!«, sagte sie anklagend. »Wer schwarze Magie benutzt, verachtet das Leben. So jemand geht über Leichen und tut sich mit Dämonen und anderem dunklen Gezücht zusammen. Als ich noch klein war, habe ich so manche Schauergeschichte über böse Zauberer gehört. Aber ich dachte immer, die wären frei erfunden.«

Xarblo Fel'Dathor schenkte ihr ein mitleidiges Lächeln. »Bedaure, dich zu enttäuschen, meine Kleine. Aber die Welt ist längst nicht so klar in Gut und Böse aufgeteilt, wie du denkst. Du siehst meine dunkle Kleidung und das Valoran und meinst, ich sei ein Schwarzmagier. Nun, du irrst dich. In einer Sache hast du allerdings völlig recht, du vorlautes Gör.« Es schien ihm zu gefallen, sich selbst sprechen zu hören. »Ich bin tatsächlich hinter dem her, was hier unten in der Erde liegt. Ein alter Freund von mir erzählte mir einst, dass es hier riesige Vorräte an Gold, Tiefensilber und Valoran gibt. Und er sagte, niemand nutze sie. Denn die Zwerge hätten viel zu viel Angst vor dieser Gegend. Er offenbar auch, sonst würde er schon längst wieder hier buddeln. Schließlich wohnt er mittlerweile in Bondingor.«

Ein alter Freund? Sando stutzte. Gestern bei dem Gespräch im Park hatte doch irgendjemand etwas gesagt, das mit Magiern zusammenhing. Wenn er sich nur erinnern könnte …

»Ihr meint Gumrak Eisenschild!«, rief Tomrin plötzlich. »*Er* hat euch von dem Valoran erzählt, nicht wahr? Mein Vater sagte mir, dass finstere Gesellen wie Ihr ihm folgen könnten.«

»Finstere Gesellen?« Xarblo schnalzte abschätzig mit der Zunge. »Bursche, ich nehme mir nur die Dinge, die sowieso niemand haben möchte. Kann ich vielleicht etwas dafür, dass Bondingors Zwerge vor lauter Aberglauben keinen Fuß mehr in diese Stollen setzen? Kann ich etwas dafür, dass sie sich von ein wenig Theater und ein paar magischen Kunststückchen so ins Bockshorn jagen lassen, dass ihnen beim Gedanken an die Verbotenen Hügel jedes Barthaar einzeln zittert?« Er schüttelte den Kopf. »Das Glück ist mit dem Tüchtigen, Kleiner. Das weiß dein Vater sicher auch. Und ich hatte zu viele schlechte Jahre, seit Gumrak, ich und die anderen uns trennten. Diese Gelegenheit konnte ich nicht verstreichen lassen.«

Sando traute seinen Ohren nicht. »Gumrak Eisenschild ist ein Held! Er würde sich niemals mit jemandem wie Euch einlassen! Ihr lügt doch!« Er wusste nicht, woher er den Mut nahm, so mit dem Zauberer zu sprechen. Vielleicht lag es an seiner Trauer und seinem Zorn über Flecks schrecklichen Absturz – und der Aussicht, Flecks Schicksal bald teilen zu müssen.

In Xarblo Fel'Dathors Augen blitzte es bedrohlich. »Jetzt hör mal zu«, schnarrte er, trat näher und vollführte mit der Rechten eine beiläufige Bewegung. Mit einem Mal wurde Sando von einer unsichtbaren, unglaublich starken Hand am Kragen gepackt und so dicht an die Holzbalken herangezogen, dass ihm fast die Luft wegblieb. »Wärst du nicht so dumm gewesen, dich in unser Versteck zu verirren, wärst du vielleicht alt genug geworden, etwas über das *wahre* Leben zu lernen. Nämlich, dass du nicht immer das bekommst, was du dir wünschst. Und was du verdienst.« Mit jedem Wort redete er sich mehr in Wut. »Dein Gumrak und ich gehörten einst einer Gruppe von Helden an, verstehst du? Wir waren vom selben Schlag. Wir zogen durch die Königreiche, erlebten Abenteuer und halfen, wo wir konnten. Man achtete uns.«

Die unsichtbare Hand lockerte ihren Griff um Sandos Kragen. Verbitterung schlich sich in Xarblo Fel'Dathors Stimme: »Doch die Gemeinschaft zerbrach. Gumrak zog hierher zurück und setzte sich zur Ruhe. Aber ich? Ich war noch zu jung. Ich wollte mehr. Aber nichts gelang mir. Und dann entschied ich, dass ich lange genug den Buckel krumm gemacht hatte. Die Welt hatte mir jahrelang nur Knüppel zwischen die Beine geworfen. Ich beschloss, mir den Respekt, den sie mir schuldete, auf anderem Wege zu holen. Ich erinnerte mich daran, was Gumrak mir von den Reichtümern unterhalb Bondingors erzählt hatte. Und ich machte mich auf, sie mir zu holen.« Kaum hatte er seine Geschichte beendet, ließ er von Sando ab.

Sprachlos wich der Straßenjunge zurück.

»Ihr wurdet vom Helden zum Dieb?«, fragte Tomrin ungläubig. »*Das* sollte die Lösung sein?«

Xarblo Fel'Dathors lange Finger zuckten. »Ich nehme mir lediglich, was mir zusteht«, stieß er zischend hervor. »Das, was ich mir in langen Jahren harten Abenteurerlebens verdient habe. Ich schaffe einen Ausgleich.«

Was für ein skrupelloser Mistkerl, dachte Sando. *Stiehlt den Zwergen ihre Bodenschätze und hält sie mit Spukillusionen auf Abstand, weil er sich ungerecht behandelt fühlt.*

Xarblo warf einen verächtlichen Blick in die Runde. »Außerdem brauche ich euch Bälgern das gar nicht zu erklären. Das hab ich wirklich nicht nötig. Bis man euch hier unten findet, können Jahre vergehen – und dann bade ich längst in meinem Reichtum und genieße meine magische Macht!« Damit wandte er sich ab und ging zu den Bergleuten, um deren Arbeit zu begutachten.

»Wir müssen hier raus«, murmelte Tomrin, sowie Xarblo außer Hörweite war. »Die Zwerge müssen erfahren, was hier unten vor sich geht.« Vergeblich zog und zerrte er an den Balken der behelfsmäßigen Zellentür.

»Wir können nicht darauf hoffen, dass uns jemand rettet«, sagte Sando. »Ob er nun wahnsinnig ist oder nicht, in einem hat Xarblo recht: Hier in den Verbotenen Hügeln kommt uns so schnell niemand suchen. Bis Tomrins Vater und seine Soldaten überhaupt auf die Idee kommen, diese Stollen zu durchsuchen, sind Xarblo und seine Männer längst über alle Berge.«

»Und wir sind bis dahin verhungert«, brummte Grimbak und hielt sich den knurrenden Magen.

Stunden vergingen. Wann immer sie sich sicher waren, dass niemand auf sie achtete, packten die Freunde aus der Drachengasse und die Grubenjungs gemeinsam an. Doch auch mit vereinten Kräften konnten sie keinen einzigen Balken vor ihrem Gefängnis lockern.

»Ich wünschte, wir hätten unser Werkzeug«, seufzte Tumril und sah sehnsüchtig zu dem Haufen mit ihrer Ausrüstung hinüber, der nah und doch unerreichbar war. »Gebt mir eine Spitzhacke, und diese Holzbalken sind kein Hindernis mehr.«

Ratlos blickte Sando von einem zum anderen. Gab es denn wirklich keinen Ausweg?

Plötzlich drang ein leises Quäken an sein Ohr. Verwundert spähte er durch eine Spalte in der Tür – und sah Fleck!

Der kleine Drache stand direkt vor der Nische. Er lebte! Und er hatte sich wieder zurückverwandelt.

»Träume ich?«, murmelte Sando und stupste den neben ihm stehenden Tomrin an.

Hanissa sah Fleck jetzt auch, und ihre Augen weiteten sich. »Wo kommst *du* denn her?«, flüsterte sie. Sie eilte zu dem Holzgatter, ging in die Hocke und streckte den Arm zwischen den Balken hindurch, um Fleck über den Kopf zu streicheln. »Und wie hast du uns gefunden?«

»Wie ist das möglich? Tomrin machte große Augen. »Wir haben doch alle gesehen, wie …«

Sando konnte nur mit den Schultern zucken. Vor lauter Überraschung und Freude fehlten ihm die Worte.

»Der Schacht muss am unteren Ende breiter geworden sein«, meinte Hanissa. »Oder er endete in einer Höhlendecke. Und dort konnte Fleck seine Flügel ausbreiten und seinen Sturz abfangen.«

»Und dann hat er irgendeinen zweiten Ausgang gefunden und hat uns nachgespürt«, ergänzte Tomrin. »Oh, Fleck, du kleiner Held.«

»Wenn er so ein Held ist, kann er uns dann auch hier heraushelfen?«, fragte Wonkar. Er spähte erst ins Innere der großen Höhle und deutete anschließend auf den Stapel mit Waffen und Ausrüstung vor ihrem

Gefängnis. »Kann er uns unser Werkzeug bringen, solange niemand zu uns rüberschaut?«

Sando sah, wie Tomrin das Gesicht verzog und Hanissa anschaute. »Oh je«, murmelte das Mädchen.

»Was ist?«, wollte Wonkar wissen.

»Fleck … äh … bringt nicht so gerne Stöckchen«, erklärte Tomrin.

»Wir versuchen es trotzdem«, sagte Hanissa entschlossen. Sie wandte sich Fleck zu. »Fleck, du musst jetzt wirklich tun, was ich dir sage, ja? Das ist kein Spiel mehr. Das ist bitterer Ernst. Also, bitte, bitte, versteh dieses eine Mal, was ich von dir will, in Ordnung?«

Der kleine Drache sah sie an und klopfte fröhlich mit dem Schwanz auf den Boden.

»Das wird doch nie was«, brummte Grimbak enttäuscht.

Hanissa fuhr zu ihm herum. »Lass mich doch erst mal ausreden.« Sie richtete ihre Aufmerksamkeit wieder auf den kleinen Drachen. »Also hör zu, Fleck. Siehst du den Werkzeugstapel da vorne? Du musst jetzt zu dem Werkzeugstapel gehen und uns die …«

»Spitzhacke«, half Wonkar aus. »Die Spitzhacke dort drüben.«

»… die Spitzhacke holen, ja? Verstehst du? Die Spitzhacke, dieses Ding mit dem braunen Holzgriff und dem grauen Metallklotz oben drauf, die da neben unseren Sachen an der Wand lehnt. Kannst du sie holen? Kannst du das?«

Fleck sah sie an, als halte er die Frage für eine Beleidigung. Dann drehte er sich um und marschierte los. Ohne die Aufmerksamkeit der Arbeiter zu erregen, schlich sich der kleine Drache zur Ausrüstung, nahm den Stiel der Spitzhacke in die Schnauze und kehrte zu den gefangenen Freunden zurück. Sichtlich stolz auf seine Leistung, legte er das Werkzeug vor das Gefängnis auf den staubigen Boden.

»Großartig!«, sagte Wonkar leise, streckte die Hand zwischen den Balken hindurch und zog die Hacke ins Innere der Nische. Er hielt sie Tumril hin. »Dann leg mal los.«

Der hünenhafte Zwerg grinste, als er das Werkzeug entgegennahm.

»Ich glaub's nicht«, murmelte Tomrin.

»Das war das Nützlichste, das ich ihn je habe machen sehen«, ergänzte Sando.

»Du bist der Beste, Fleck.« Hanissa kraulte dem Drachen den Kopf.

Fleck schnaubte zufrieden. Dann beugte er sich hinunter und klaubte mit seiner Schnauze einen langen Holzsplitter vom Boden, der sich von den Balken gelöst hatte. Er hielt ihn in Hanissas Richtung, und mit einem kräftigen Biss zerbrach er ihn in zwei Teile.

»Was sollte das denn?«, fragte Sando verwundert.

Hanissa kicherte leise. »Keine Stöckchen mehr«, erklärte sie. »Ich verspreche es dir, Fleck. Ich versuche nicht noch mal, dich Stöckchen bringen zu lassen. Nur, wenn *du* spielen willst.«

Fleck gurgelte glücklich und klopfte mit dem Schwanz.

Während Bortha, Grimbak und die anderen die Arbeiter im Auge behielten, mühten sich Tumril und Tomrin mit der Spitzhacke an den Balken ab. Sie versuchten ganz leise zu sein, doch Sando erkannte schnell, dass ihre Vorsicht unnötig war. Bei dem ganzen Lärm, den die Bergleute verursachten, fiel ihr Ausbruchsversuch gar nicht auf. Die Raubgräber durften nur nicht zu ihnen herüberschauen.

»Los! Los!« Grimbak rempelte Sando an und riss ihn aus seinen Gedanken.

Sando sah, dass Tomrin und Tumril die beiden untersten Balken so weit gelockert hatten, dass sie sich hindurchzwängen konnten. »Nichts wie raus hier, bevor uns jemand bemerkt.«

Das ließ sich Sando nicht zweimal sagen. Die Grubenjungs und die drei Freunde aus der Drachengasse krochen aus ihrem Gefängnis. Tatsächlich gelang es ihnen, ohne die Aufmerksamkeit von Xarblo und seinen Männern zu erregen.

»Da geht's raus«, flüsterte Tomrin und zeigte in Richtung des Stollens, aus dem sie gekommen waren. »Beeilt euch, und seid leise!«

Sie schlichen los, immer darauf bedacht, bloß kein Geräusch zu machen. Als sie an dem Haufen mit ihrer Ausrüstung vorbeikamen, griffen sie rasch zu und nahmen ihr Eigentum wieder an sich.

Gerade hatten sie den dunklen Gang erreicht, als lautes Gebrüll Sando zusammenzucken ließ. »Meister!«, hallte Rogis krächzende Stimme von den Höhlenwänden wider. »Die Gefangenen fliehen!«

Im Nu richteten sich die Augen aller Raubgräber auf sie.

»Hinterher, ihr Tölpel!«, zeterte Xarblo und deutete mit ausgestrecktem Arm auf die Fliehenden. »Diese lästige Brut darf nicht entkommen, sonst fliegen wir alle auf! Fasst sie!«

Sando stürmte los.

Kapitel 12
Auf der Flucht

Hanissa rannte um ihr Leben. Ihr Gesicht glühte, und das Herz klopfte ihr bis zum Hals, als sie durch den finsteren Stollen zur Oberfläche floh. Sie hätte noch schneller rennen können, aber dann wären die jungen Zwerge nicht hinterhergekommen – und nur wegen ihnen waren Tomrin, Sando, Fleck, Pip und sie ja überhaupt hier.

Hanissa bildete die Spitze ihrer kleinen Gruppe. Die Laterne, die Tomrin ihr in die Hand gedrückt hatte, hielt sie hoch über den Kopf. Ohne Licht wäre die Flucht durch die gefährlichen unterirdischen Gänge vollkommen unmöglich gewesen.

Einige Schritte vor Hanissas Nase flatterte Pip. Die Spürechse schien den besten Weg nach draußen genau zu kennen. Damit hatte sie dem Findezauber auf Hanissas Geldbörse einiges voraus. Das Mädchen hatte versucht, ihre kleine Gruppe mithilfe des magischen goldenen Bandes zurück zum Eingang der Mine zu führen. Doch der glitzernde Faden hatte natürlich die kürzeste Route gewählt und direkt in Richtung der Höhle mit den Raubgräbern gewiesen. Hanissa hatte den Zauber daraufhin aufgelöst.

Durchhalten! Es kann nicht mehr weit sein, spornte sie sich selbst an. Bei jedem Atemzug verspürte sie ein Stechen in der Brust. Sie versuchte, es nicht zu beachten.

Direkt hinter sich hörte sie das Schnaufen und Keuchen der Zwerge. Bortha, Wonkar, Grimbak und Tumril mochten so zäh sein, wie Zwerge nur sein konnten, doch für eine überstürzte Flucht waren ihre kurzen Beine einfach nicht geeignet. Machte Hanissa einen Schritt, mussten sie zwei machen.

Sando und Tomrin liefen hinter den vier Zwergen und sorgten dafür, dass keiner zurückblieb. Hanissa wusste, dass die beiden Jungen ihre Waffen gezückt hatten und zu allem bereit waren. Diesmal würden sie sich nicht ergeben, falls einer der Raubgräber ihren Weg kreuzte.

Das Schlusslicht bildete Fleck – und das war gut so. Der kleine Drache war wieder zum Furcht einflößenden Nachtfresser geworden. Die hektische Flucht und die Verfolgung durch die Raubgräber hatten ihm so große Angst eingejagt, dass er sich erneut verwandelt hatte.

Jetzt tobte Fleck voller Angst und rücksichtslos wie ein verrückt gewordener Troll hinter ihnen durch den Stollen. Dem Krachen und Bersten nach zu urteilen, stieß er dabei immer wieder gegen Holzverstrebungen und Felsvorsprünge, die er mit seiner unbändigen Kraft einfach zertrümmerte.

»Schneller!«, rief Tomrin von hinten. »Sie kommen näher!«

»Ich kann nicht schneller«, jammerte einer der Zwerge.

Sie erreichten eine Gabelung, an der sich zwei Gänge zu einem vereinten. Hanissa warf einen raschen Blick zur Seite – und schrie auf! Der verwahrloste Elf stand plötzlich vor ihr. Sein zotteliges Silberhaar hing ihm wild ins Gesicht, und in seinen Augen glitzerte Mordlust.

Ohne darüber nachzudenken, riss Hanissa eine der Geisterbomben aus ihrer Tasche und warf sie dem Elfen ins Gesicht. Der wollte das Geschoss beiseite schlagen. Doch in diesem Augenblick explodierte das Knallpulver, und eine dichte Wolke aus Salz, Knoblauchpulver, Weihrauch und Einhorntränen hüllte seinen Kopf ein.

Der Elf schrie auf und schlug die Hände vors Gesicht. »Meine Augen!«, heulte er. »Es brennt!« Torkelnd wich er in den Gang zurück, aus dem er gekommen war.

Hanissa und die anderen rannten weiter. Immer bergauf, immer hinter Pip her. *Wir müssen bald draußen sein. Gleich ist es geschafft. Dann nur noch bis zur* Schwelle. *Danach sind wir in Sicherheit* … Die Gedanken wirbelten in Hanissas Kopf umher wie Blätter im Wind.

Hinter ihr jaulte einer der Zwerge auf. Im nächsten Moment ertönte wildes Geschrei und Fluchen. Hanissa drehte sich um und sah, dass alle Zwerge auf einem Haufen lagen. Grimbak, der direkt hinter ihr gewesen war, musste über einen Stein gestolpert und gestürzt sein – und alle anderen Grubenjungs waren über ihn drübergefallen.

»Los, steht wieder auf!«, trieb Tomrin die Zwerge zur Eile an. Seine Augen waren weit aufgerissen und sein Gesicht vor Anstrengung gerötet. Er packte Tumril und zog ihn auf die Beine.

Hinter ihnen schnaufte und ächzte Fleck. Sein mächtiger Drachenschädel pendelte von links nach rechts, und Geifer tropfte aus seinem Maul. Er sah furchterregend aus, aber Hanissa wusste, dass er einfach nur völlig erschöpft war. Fliegen wäre für ihn kein Problem gewesen, aber für eine Flucht wie diese waren seine Beine einfach nicht gemacht.

»Da sind sie!«, ertönte eine raue Männerstimme. »Ergreift sie!«

Unruhiger Fackelschein wurde hinter Flecks Rücken sichtbar, und schnelle Schritte hallten durch den Stollen.

»Fleck, kannst du uns die vom Leib halten?«, bat Sando nervös, während sich die Zwerge wieder aufrappelten.

Der Jungdrache schnaubte angstvoll. Sein kräftiger Schwanz schlug von einer Seite zur anderen und zertrümmerte dabei einen Holzbalken. Geröll und Erde prasselten zu Boden.

»Sehr gut, Fleck! Noch einmal!«, rief Sando und deutete auf einen Stützbalken hinter ihnen.

Fleck starrte ihn nur verwirrt an. Dann drehte er sich um, weil er nachschauen wollte, worauf Sando zeigte. Dabei rempelte er mit seinem massigen Körper den Stützbalken auf der anderen Seite der Stollenwand an. Mit einem Krachen und Poltern brach dieser auseinander und riss andere mit sich. Balken fielen kreuz und quer in den Gang. Erschrocken machte der Jungdrache einen Satz nach vorne.

»Da kommen sie!«, rief Sando und deutete auf ihre Verfolger, die ihnen schon gefährlich nahe waren.

»Werft die Geisterbomben!«, schrie Hanissa.

Sando und Tomrin handelten sofort. Kraftvoll schleuderten sie die Beutel dem Fackelschein entgegen. Es knallte vier Mal, dann setzte mehrstimmiges Geschrei ein.

»Weiter«, keuchte Tomrin.

Hanissa nickte und rannte wieder los.

Der Stollen wurde zunehmend steiler, und sie erinnerte sich daran, an dieser Stelle auf dem Hinweg vorbeigekommen zu sein. Es konnten also nur noch etwa hundert Schritte, vielleicht zweihundert, bis zum Ausgang sein. *Hoffentlich*, durchfuhr es sie. *Ich kann nicht mehr* … Sie senkte den Kopf und biss die Zähne zusammen. Bloß nicht aufgeben.

»Achtung!«, schrie Grimbak hinter ihr.

Erschrocken hob Hanissa den Kopf – und blieb wie angewurzelt stehen.

Direkt vor ihr im Gang stand ein Troll! Er hatte ein Fässchen mit Xix-Öl unter dem Arm und starrte sie überrascht an. Offenbar hatte er weitere Lachen aus falschem Geisterblut gelegt. »Was sein das?«, fragte er mit dumpfer Stimme.

Hanissa zog die letzte Geisterbombe aus der Tasche. »Aus dem Weg, oder ich werfe!«, drohte sie. Zwar bezweifelte sie, dass dem Troll etwas Salz und Weihrauch ebenso zusetzen würden wie dem Elfen, aber das musste sie dem Ungeheuer ja nicht auf die breite Nase binden.

Wonkar und die Grubenjungs stellten sich an ihre Seite. Sie wirkten grimmig und bereit, sich ihre letzten Schritte in die Freiheit zu erkämpfen. Tomrin und

Sando hatten sich hinter ihnen aufgebaut. Und über ihnen allen ragte die bedrohliche Gestalt des Nachtfressers empor.

Der Troll blinzelte. Seine kleinen Augen zuckten nach links und nach rechts. Er schien angestrengt nachzudenken.

Hinter ihnen wurden erneut die hastigen Schritte ihrer Verfolger laut. Ihnen lief die Zeit davon.

»Los!«, schrie Hanissa. »Aus dem Weg, du Mistvieh!«

»Fleck«, rief Sando. »Zeig ihm, wie stark wir zusammen sind!«

Dieses Mal schien der Drache verstanden zu haben, denn im nächsten Augenblick stieß er ein Gebrüll aus, das die Stollenwände wackeln ließ.

Der Troll trat bedächtig zur Seite.

Hanissa und die anderen rannten an ihm vorbei. Sie bogen um eine weitere Ecke, dann um noch eine, und auf einmal zeichnete sich vor ihnen ein helles Viereck ab: der Ausgang der Mine! Am liebsten hätte Hanissa laut gejubelt, aber sie hatte keinen Atem mehr dafür.

Die Grubenjungs seufzten erleichtert auf, als sie endlich ins Tageslicht zurückkehrten. Nun mussten sie nur noch die *Schwelle* erreichen, dann hatten sie es geschafft.

Hanissa fiel auf, dass die Sonne bereits weit im Westen stand. *Wir müssen beinahe einen ganzen Tag unter der Erde gewesen sein*, dachte sie.

In diesem Augenblick wurde sie jäh aus ihren Gedanken gerissen. »Keine Bewegung!«, befahl eine barsche Stimme.

Innerhalb von Sekunden tauchten überall um den Mineneingang herum grimmig dreinschauende Zwerge auf. Es mussten mindestens zwei Dutzend sein. Sie trugen Kettenhemden und Helme und hielten gespannte Armbrüste im Anschlag. Die Zwergenwehr von Bondingor!

»Haltet ein! Es sind doch die Kinder!«, rief im nächsten Moment eine zweite, ebenso befehlsgewohnte Stimme.

»Und was ist mit dem Drachen?«, knurrte einer der Zwerge.

»Der Drache stammt aus den Ställen der Garde«, log die zweite Stimme. »Es ist der Flugdrache meines Sohnes.«

Hanissa sah, dass Tomrins Augen groß wurden. »Vater?«, entfuhr es ihm.

»Ganz recht«, erwiderte Ritter Ronan Bärenherz von Wiesenstein, als er sich zusammen mit einem Dutzend Soldaten der Stadtgarde aus seinem Versteck hinter einer Mauer erhob.

»Wo kommst du denn her?«, fragte Tomrin verblüfft.

Er bekam keine Antwort, denn in diesem Moment platzten die Raubgräber in die Versammlung. »Jetzt haben wir euch!«, heulte der verwahrloste Elf. Dann hielt er so plötzlich inne, als wäre er gegen eine Felswand gelaufen. Seine vom Salz geröteten Augen weiteten sich, als er sich plötzlich mehr als dreißig Bewaffneten gegenübersah.

»Waffen runter«, schnarrte einer der Zwerge, den Hanissa als Wehrmeister Bondrok Granitschleifer wiedererkannte.

Die Raubgräber blickten wild um sich. Einer von ihnen wollte die Flucht zurück in den Stollen ergreifen, doch er prallte gegen den Troll mit dem Ölfässchen, der ihnen nachgetappt war.

»Ich sagte Waffen runter! Und keine falsche Bewegung, oder wir schießen!« Bondrok Granitschleifer gab seinen Leuten ein Zeichen, und die Wehrmänner legten drohend ihre Waffen an.

»Habt ihr sie endlich, ihr Tölpel?«, wetterte Xarblo Fel'Dathor, als er im Sturmschritt und mit wehendem Mantel aus dem Stolleneingang hervorkam. Sein buckliger Diener Rogi war ihm dicht auf den Fersen. Wie schon seine Untergebenen hielt auch der gefallene Magier unvermittelt inne, als ihm auffiel, dass er mitten in einen Trupp Soldaten geraten war.

Er wollte auf dem Absatz kehrtmachen, doch auf einmal versperrte ihm ein Zwerg hinter ihm den Zugang zur Mine. Er war in dunkles Leder gekleidet und trug einen schweren, matt glänzenden Plattenpanzer. Zwergische Schutzrunen glühten auf dem Metall, und er hatte einen gewaltigen Kriegshammer in beiden Händen. »Xarblo Fel'Dathor ... Hätte nicht gedacht, dass wir uns noch mal wiedersehen. Zumindest nicht unter diesen Umständen.«

»Gumrak!«, entfuhr es dem Magier.

»... Eisenschild«, vervollständigte Sando in ehrfürchtigem Flüstern. Der alte Zwergenstreiter hatte einen wahrlich heldenhaften Auftritt hingelegt.

»Was machst du hier?«, fuhr Xarblo seinen früheren Weggefährten an.

»Das sollte ich dich fragen«, entgegnete Gumrak. »Hast du diese Kinder entführt? Wie tief bist du gesunken! Du solltest dich schämen.« Der alte Zwerg schüttelte den Kopf.

»Du weißt gar nichts«, fauchte ihn der Magier an. »Es ist eben nicht jeder von uns als Held in seine Heimat zurückgekehrt. Manche von uns mussten kämpfen, um zu überleben. Und nichts anderes habe ich hier getan.«

»Wenn Ihr Eure Lebensgeschichte niederschreiben wollt, könnt Ihr das gerne tun«, mischte sich Ronan Bärenherz ein. »Aber in einer Zelle in der Festung der Stadtgarde! Ihr seid verhaftet, Ihr und Eure Männer – und Ihr werdet uns erzählen, was für ein schändliches Spiel Ihr hier getrieben habt.«

»Sie haben heimlich Valoran-Kristall abgebaut und Gold und Silber«, platzte Tomrin heraus. »Und sie haben den Zwergen vorgespielt, dass es hier spukt, damit niemand sie stört.«

Der Hauptmann der Stadtgarde bedachte seinen Sohn mit einem Nicken. »Ist schon gut, Tomrin. Das erzählst du mir alles später. Wir räumen hier erst einmal auf.« Mit diesen Worten gab er Bondrok Granitschleifer ein Zeichen, der seinen Männern daraufhin befahl, die Raubgräber festzunehmen.

Die Zwergenwehr und die Gardisten der Stadtgarde entwaffneten gemeinsam Xarblo und seine Schergen. Anschließend fesselten sie sie und führten sie unter der Leitung von Bondrok Granitschleifer und Gumrak Eisenschild ab. Pip umschwirrte sie dabei voller Neugierde.

Hanissa, Sando und Tomrin traten auf Ronan Bärenherz zu. Hanissas Hand streichelte Flecks noch immer vor Aufregung zitternde Flanke. Der Jungdrache musste sich endlich beruhigen. Denn solange er noch wie der Nachtfresser aussah, konnten sie unmöglich mit ihm ins Zwergenviertel zurückkehren. Es grenzte an ein Wunder, dass kein nervöser Zwergenwehrmann ihn mit seiner Armbrust angeschossen hatte.

»Wie habt ihr uns gefunden?«, fragte Tomrin seinen Vater.

»Das verdankt ihr eurem kleinen Kameraden mit dem zu großen Helm«, erwiderte Ritter Ronan. »Ich glaube, sein Name ist Thimon.«

»Thimon?«, wiederholte Hanissa ungläubig. Erst jetzt fiel ihr auf, dass der Zwergenjunge fort war, der mit ihrem Geldbeutel am Eingang hatte warten sollen.

»Ganz recht«, bestätigte Tomrins Vater. »Die Garde hatte mitbekommen, dass im Zwergenviertel seit gestern eine ziemliche Unruhe herrscht. Daher habe ich die Zwergenwehr besucht, um herauszufinden, was los ist. Da tauchte plötzlich Thimon auf. Er stammelte etwas von einem Stollen in den Verbotenen Hügeln und dass ihr dort hineingegangen wärt, ohne wieder herauszukommen.« Ronan warf Tomrin einen tadelnden Blick zu. »Ich begann, mir meinen Teil zu denken, alarmierte die Garde und überzeugte Bondrok, uns mit seinen Leuten zu begleiten, um nach euch zu suchen. Das habt ihr uns zum Glück erspart, indem ihr uns in die Arme gelaufen seid.«

»Der gute Thimon.« Sando grinste. »Ohne ihn säßen wir jetzt vielleicht ganz schön in der Patsche.«

»Ja, allerdings«, stimmte Ronan ihm zu. Er runzelte die Stirn. »Darüber werden wir noch sprechen, Tomrin. Und über Fleck, der hier wieder wie der Nachtfresser herumläuft auch, klar? Aber im Augenblick muss ich mich um diesen Xarblo und seine Leute kümmern. Nehmt eure Zwergenfreunde und geht nach Hause.«

»Lasst uns Bortha zum Klan der Wasserheber zurückbringen«, schlug Sando vor. »Seine Familie wird außer sich vor Freude sein, ihn wiederzusehen.« Er hob die Stimme und rief zu den Grubenjungs hinüber: »Was meinst du, Kiesel? Gehen wir nach Hause?«

»Sehr gerne, Sando.« Auf Borthas Gesicht lag grenzenlose Erleichterung.

»Wir kommen mit«, sagte Wonkar. »Grubenjungs?«

»Sind dabei«, bestätige Grimbak, und Tumril nickte.

»Geht schon mal vor«, sagte Hanissa. Sie warf Sando einen vielsagenden Blick zu und deutete auf Fleck, der sich noch immer nicht zurückverwandelt hatte.

»Ist das nicht zu gefährlich?«, fragte Sando.

»Ach was«, meinte Hanissa kopfschüttelnd. »Die Raubgräber sind gefasst, und Geister gibt es hier ja schließlich doch keine.«

»Ich bleibe bei ihr«, sagte Tomrin. »Wir kommen gleich nach.«

Im ersten Moment wollte Hanissa widersprechen, aber sie verkniff es sich. Wenn Tomrin glaubte, ritterlich sein zu müssen, konnte man ihn ohnehin kaum davon abbringen.

Während die Grubenjungs abzogen und schon wieder mit ihren Späßen anfingen, setzten sie sich neben Fleck auf die Steinmauer gegenüber des Stolleneingangs.

»Das war wirklich klasse«, sagte Tomrin nach einem kurzen Moment des Schweigens.

Hanissa blickte ihn überrascht an. »Was?«

Der Junge zuckte mit den Schultern. »Na ja, alles eben. Die Sache mit den Geisterbomben. Dass du den Spuk als Täuschung entlarvt hast. Und wie du dich am Ende dem Troll entgegengestellt hast …« Er grinste. »Ohne dich kämen Sando und ich echt nicht weit.«

Hanissa spürte, wie sie gegen ihren Willen vor Verlegenheit rot wurde. »Ach, das war doch gar nichts«, murmelte sie.

»Doch«, beharrte Tomrin. »Das war ganz schön viel. Du bist das klügste und mutigste Mädchen, das ich kenne.«

»Wie viele Mädchen kennst du denn?«, wollte sie wissen.

Tomrin grinste nur.

»Blödmann«, sagte Hanissa. Sie versetzte ihm einen freundschaftlichen Klaps und sprang von der Mauer. »Komm, Fleck, wir gehen. Tomrin veralbert uns.«

Doch als sie – ganz langsam – davonschlenderte, spürte sie, dass sich in ihrem Inneren eine eigenartige Wärme ausbreitete. Und sie lächelte.

Kapitel 13
Ein Fest mit Überraschungen

Das Haus von Borthas Eltern lag am oberen Ende des Zwergenviertels und war ebenso klein wie gemütlich. Die niedrigen Zimmerdecken und das dunkle Holz der stabilen Möbel sorgten dafür, dass sich Hanissa sofort wieder wie in einer Höhle fühlte – doch diesmal war es ein angenehmes Gefühl. Sie war unter Freunden, auch wenn sie hier kaum jemanden kannte.

Unzählige Zwerge wuselten im Haus umher. Fast kam es Hanissa vor, als wären alle Zwerge Bondingors bei den Wasserhebers versammelt, um die Heimkehr des verlorenen Sohnes Bortha und der anderen Grubenjungs zu feiern. Überall saßen, standen oder lehnten bärtige Gesellen. Gerüchte gingen um, dass sogar

Gumrak Eisenschild noch auftauchen werde, und das veranlasste sicher viele Zwerge, das Fest zu besuchen.

Es herrschte ein fröhliches Treiben: Bierhumpen und Elfenwitze machten die Runde. Alte Grubenlieder wurden angestimmt und mit Begeisterung und Tränen in den Augen hinausgegrölt.

Alle freuten sich und klopften Bortha und den anderen Geretteten auf die Schultern. Sie waren die Helden des Tages – aber irgendwie hatte Hanissa den Eindruck, dass den Zwergen eigentlich *jeder* Grund recht war, um eine große Feier zu veranstalten. Hauptsache, es gab genug zu trinken.

Die Grubenjungs und ihre Freunde aus der Drachengasse waren noch nicht lange hier, doch das Fest tobte schon, als habe es vorgestern begonnen. Steinkrüge voller Bier wurden prostend erhoben, und schallendes Gelächter dröhnte durch die offenen Türen bis hinaus auf die Straße. Dort versuchte der angeheiterte Amblin Steinbart gerade, den Steinfresser Krxl in die Geheimnisse des Gnorkelschachs einzuweihen.

Hanissa sah sie durch ein Fenster und lachte, denn Amblin hatte vor lauter Bierseligkeit die Regeln vergessen, und Hennruk Erzfinder zog ihn damit auf. Fleck und Pip tollten gemeinsam die Straße hinauf, an deren oberem Ende die Wehrmänner Grombur und Zarrek standen und das Geschehen misstrauisch beäugten. Sie schoben Wache und wirkten auch dabei, als würden sie zum Lachen in den Keller gehen.

In der Wohnstube der Wasserhebers, in die man von der Haustür aus direkt gelangte, ging es derweil hoch her. Borthas Onkel Rodek setzte zum bereits dritten Mal an, ein Heldenlied über seinen Neffen zu singen. Doch Rodek war viel zu betrunken, um vernünftige Sätze zu bilden. Schon bei der zweiten Strophe verboten ihm die anderen Erwachsenen den Mund, weil sein Lied, wie sie sagten, »unanständig« zu werden drohte.

»Na, hast du Spaß?«

Hanissa drehte überrascht den Kopf. Bei all dem Trubel um sie herum hatte sie Gump gar nicht kommen hören. »Ehrlich gesagt, ja«, antwortete sie und grinste, erstaunt über sich selbst.

Gump zwinkerte ihr verschwörerisch zu. »Sind nette Leute, wirklich. Auch wenn sie ein wenig, na ja, laut sein können. Und prahlerisch. Und schroff. Und starrköpfig und …«

Hanissa musste lachen. »Warum genau mögt Ihr sie noch mal, Herr Wasserheber?« Seit sie Gumps Nachnamen kannte, hielt sie es für richtig, ihn auch bei diesem zu nennen.

Doch Gump sah sie an, als seien ihr gerade Drachenflügel gewachsen. »Herr *Was*? Das will ich nicht gehört haben, meine Liebe.« Er beugte sich zu ihr vor, bis sein bärtiges Gesicht ganz dicht an ihrem Ohr war. »Nur weil die ganzen Dickschädel hier nicht halb so unerträglich sind, wie man sich das vielleicht vorstellt, heißt das nicht, dass ich mich unter ihnen richtig wohl fühle. Nein, nein, ich bleibe in meinem Hafen. Und ihr Kinder bleibt bei meinem Vornamen: Gump.«

Dann hielt er ihr sein Tablett entgegen, das ihr erst jetzt auffiel. Darauf befand sich ein wahrer Berg an Köstlichkeiten. Hanissa sah Rollmöpse mit Gurke, kleine Krabben, Muscheln und in appetitliche Häppchen zerteilten Bratfisch.

»Möchtest du etwas von meinen Gaumenschmäusen?«, fragte Gump. »Ich fürchte, du, Tomrin und mein Neffe müsst sie alle aufessen. Diese Zwergenrüpel hier haben erschreckend wenig für Fluss- und Meeresspeisen übrig, und bis jetzt ist der gute Fleck mein einziger Abnehmer.«

»Die wissen eben nicht, was gut ist«, sagte Hanissa so leise, als teile sie mit Sandos Onkel ein großes Geheimnis. Da ihr tatsächlich das Wasser im Mund zusammenlief, nahm sie sich einen Rollmops.

»Das kannst du laut sagen, meine Liebe«, erwiderte Gump seufzend. »Aber sie sind Verwandtschaft, und wo wären wir ohne unseren Anhang? *Was* wären wir?«

Hanissa dachte an ihre Mutter daheim in der Magischen Universität und an den Vater, den sie nie gekannt hatte. Und an Tomrin, Sando und Fleck. Sie war erst seit kurzer Zeit mit den beiden Jungen befreundet, doch sie und Fleck waren für sie fast schon so etwas wie eine Familie geworden. *Was wären wir ohne sie?*, wiederholte sie in Gedanken und gab sich selbst die Antwort. *Weniger, als wir sind …*

»Na, das kann ich dir sagen, Onkel«, meldete sich Sando plötzlich zu Wort. Er und Tomrin kamen gerade aus der Küche, jeder mit einem Glas Erdbeerbrause in der Hand. »Wir wären durstig. Du hast mal wieder eine großartige Brause gemacht.«

Gump schüttelte den Kopf. »Das denkst du nur, weil die vielen Stunden unter Tage dir die Kehle trokken gemacht haben.« Wieder zwinkerte er Hanissa zu. »Aber wo ihr gerade da seid, Jungs: Eigentlich müsste ich euch böse sein. Ihr habt euch schon wieder in große Gefahr gebracht – wo soll das denn noch enden?«

»Wir haben nur getan, was getan werden musste, um Bortha und die anderen zu retten«, wehrte sich Tomrin. »Die Zwerge wären ja nicht selbst in die Verbotenen Hügel gegangen. Was blieb uns also anderes übrig?«

Sandos Onkel lächelte und stellte sein Essensbrett auf einem kleinen Fass ab, das als Tischersatz diente.

»Ich sagte, *eigentlich* müsste ich böse sein. Ehrlich gesagt, können wir euch aber gar nicht genug danken. Auch wenn sich mein Herr Neffe und seine Grubenjungs für ihre unglaublich riskante Mutprobe durchaus eine Standpauke verdient hätten.«

»Meinst du etwa *die* Mutprobe, bei der wir einer Gruppe Raubgräbern auf die Schliche gekommen sind?« Sandos Grinsen ging von einem Ohr zum anderen.

»Was wird jetzt eigentlich aus den Valoran-Kristallen in den Verbotenen Hügeln?«, fragte Tomrin. »Jetzt wissen wir ja, dass es dort keine Geister gibt. Meint Ihr, die Zwerge werden wieder unter Tage gehen, um sie abzubauen? Eigentlich spricht ja nichts dagegen.«

Gump verzog das Gesicht. »Ich weiß es nicht. Ich fürchte, zwanzig Jahre alte Ängste lassen sich nicht so einfach beiseitewischen.«

Ein Räuspern ließ ihn und die anderen herumfahren.

»Aber Bärenherz' Sohn hat recht«, sagte Rurzak Erzfinder, der am Türrahmen lehnte. »Wir sollten darüber nachdenken, wieder in die Hügel zu gehen. Wenn dort Raubgräber Gold und Silber schürfen können, ohne von zornigen Geistern angegriffen zu werden, können wir das auch.« Der Steinmetz sah Gump auffordernd und mit Begeisterung in den Augen an.

»Was sagst du, alter Freund? Verspürst du nicht auch Lust, wieder die Spitzhacke in die Hand zu nehmen und zu graben?«

»Graben? Ich?« Gump schauderte sichtlich. »Gute Güte, für derartige Aufgaben war ich noch nie geeignet. Wie sagen die Menschen so treffend? Schuster, bleib bei deinen Fäusten. Nun, *meine* Fäuste gehören seit jeher dem Fleet.«

Sando rollte mit den Augen, sagte aber nichts.

»Es spricht doch alles dafür.« Rurzak wurde etwas lauter, und mehrere Zwerge drehten sich zu ihm um. »Da unten gibt es keine Geister. Hat es nie gegeben.«

In diesem Moment flog die Tür zur Wohnstube auf, und die beiden Wehrmänner Grombur und Zarrek standen mit weit aufgerissenen Augen im Türrahmen. »Die Geister!«, schrie Grombur mit sich überschlagender Stimme. »Die Geister aus der Tiefe kommen!«

Von einer Sekunde zur nächsten wurde es totenstill im Raum. Alle starrten die beiden an. Einigen Zwergen troff Bier aus den Bärten, weil sie vergessen hatten, ihre zum Trinken angesetzten Krüge abzustellen. Einem fiel ein Fleischstück von der Gabel. Mit unnatürlich lautem Klatschen landete es auf seinem Teller.

Rurzak Erzfinder war der Erste, der seine Stimme wiederfand. »Was?«, krächzte er ungläubig.

»Die Geister sind hinter uns her«, rief Grombur. »Wir hielten oben an der Straße Wache, und auf einmal sahen wir sie von der *Schwelle* her kommen.«

Zarrek warf hinter ihm einen Blick über die Schulter. Er gab einen vollkommen unmännlichen Schreckenslaut von sich. »Da hinten sind sie schon! Schnell rein. Wir müssen Türen und Fenster verriegeln.« Er schob Grombur in die Wohnstube.

Endlich schien auch der letzte Zwerg im Raum mitbekommen zu haben, was los war. Auf einmal setzte ein furchtbares Chaos ein! Alle sprangen von den Stühlen auf, schrien durcheinander und rannten von links nach rechts, um ihre irgendwo im Haus herumliegenden Waffen zu suchen oder Tische und Bänke vor die Türen und Fenster zu schieben.

»Aber das kann gar nicht sein!«, rief Tomrin. »Wir haben doch gesehen, dass der ganze Spuk eine Täuschung von Xarblo und seinen Leuten war. Was sollen das denn für Geister sein?«

Das hätte Hanissa auch gerne gewusst. Sie blickte zu Gump hinüber.

Sandos Onkel war gerade dabei, einen Rollmops nach dem anderen in den Mund zu schieben. »Schaut nicht mich an«, sagte er kauend und ein bisschen blass um die Nase. »Ich habe keine Ahnung. Aber eins ist sicher: Meine Gaumenschmäuse bekommen sie nicht!«

Es klopfte dreimal kräftig an der Haustür.

Die Zwerge zuckten beinahe wie ein Mann zusammen und hielten ihre Armbrüste und Äxte abwehrbereit vor sich. Es hatte sich ein Halbkreis aus waffenstarrenden bärtigen Kerlen um die Tür gebildet, denen die Panik ins Gesicht geschrieben stand. Und keiner wagte, daraus hervorzutreten.

Es klopfte erneut.

»Vielleicht sollten wir aufmachen?«, schlug Hanissa vor. »Nur aus Höflichkeit.

»Bist du irre, Mädchen?«, hauchte Grombur. »Das sind die Geister.«

»Geister klopfen für gewöhnlich nicht«, belehrte sie ihn. »Glaubt mir, ich habe da meine Erfahrung. Ich wohne mit meiner Mutter in der Magischen Universität.«

»Aber wer sollte dann vor der Tür stehen?«, fragte Zarrek.

»Wir werden es herausfinden, wenn wir aufmachen, oder?«, mischte sich nun auch Sando ein. Der Straßenjunge grinste selbstbewusst. Offenbar bereitete es ihm einen Heidenspaß, die beiden Wehrmänner, die ihn so schlecht behandelt hatten, in ihren Uniformen schlottern zu sehen. »Tomrin?«

Tomrin nickte, und gemeinsam traten die beiden Jungen vor, um den Tisch vor der Tür zur Seite zu schieben. Hanissa gesellte sich zu ihnen und half. Die Zwerge sahen den dreien mit gespannten Armbrustsehnen und ebensolchen Mienen zu.

Knarrend öffnete sich die Haustür. Dahinter standen …

… die Geister!

Zumindest glaubte Hanissa das in der ersten Sekunde. Dann erkannte sie ihren Irrtum. Es handelte sich vielmehr um fünf außergewöhnlich bleiche Zwerge. Ihre Haut war von einem hellen Grauton, und ihre Haare und die dichten Bärte schlohweiß. Sie trugen steingraue Kleidung. Vier von ihnen, die wie Soldaten aussahen, waren obendrein gerüstet und mit Speeren bewaffnet. Der fünfte, ihr Anführer, hatte dagegen einen dicken grauen Fellumhang an, und er war über und über mit Runenamuletten behängt. Selbst in seinen Bart waren kleine Steinchen geflochten. Seine Augen waren fast vollständig weiß.

Hanissa unterdrückte ein Schaudern. Sie konnte verstehen, warum die Wehrmänner bei seinem Anblick erschrocken waren.

»Ich grüße Euch«, sagte der Zwerg, der ein Zauberer oder Schamane sein musste. »Ihr braucht keine Angst vor uns zu haben. Wir kommen in Frieden.« Seine Stimme klang rau und dunkel wie die Stollen unter den Verbotenen Hügeln.

»Wer seid Ihr, und was wollt Ihr?«, wagte Rurzak Erzfinder zu fragen.

Gump räusperte sich. »Vielleicht sollten wir die Herren erst einmal hereinbitten.« Er zögerte kurz, dann hielt er zaghaft seine Platte mit Häppchen hoch. »Bratfisch?«

Der bleiche Zwergenschamane warf einen abschätzigen Blick darauf. Dann hob er eine Hand, auf die ebenfalls Runen gemalt waren, und nahm ein Stück Fisch. Atemlos beobachteten die anwesenden Zwerge, wie er ihn in den Mund steckte und kaute. Seine Miene hellte sich ein wenig auf. »Gut«, befand er. »Sehr gut, mein Freund.« Er lächelte.

Gump lächelte ebenfalls.

Die Zwerge senkten langsam ihre Waffen. »Wollt Ihr Euch nun erklären?«, meldete sich Rurzak erneut zu Wort.

»Das will ich«, sagte der Zwergenschamane. »Mein Name ist Ulthan Tiefenherz, ich bin der Anführer der Tiefenzwerge.«

»Ulthan?«, sagte plötzlich eine brüchige Stimme. Hanissa wandte den Kopf und erblickte Hennruk Erzfinder, der sich durch die versammelten Zwerge drängte. »Ulthan Stollenfinder?« Der Alte sah den bleichen Besucher erschüttert an.

»Ja, der war ich einst«, bestätigte Ulthan. »Aber wir führen unsere alten Klansnamen nicht mehr, seit wir vor fast hundertachzig Jahren verschüttet und vergessen wurden. Nun sind wir alle Tiefenherz.«

Hennruk ächzte leise und musste sich setzen. »Sie sind es. Sie sind es wirklich. Die Verschütteten von damals …«

»Sehr richtig. Wir sind es. Ihr dachtet, wir wären tot. Ihr dachtet, wir wären zu rachsüchtigen Geistern geworden. Doch so ist es nicht gekommen.« Ulthan schaute sich mit ernster Miene im Raum um. »Viele von uns überlebten damals den Einsturz der Stollen. Wir konnten uns nicht befreien – und niemand kam, um uns zu helfen. Also taten wir, was Zwerge am Besten können: Wir kämpften. Wir kämpften ums Überleben und gewannen. Mit der Zeit richteten wir uns im Herzen der Erde ein. Wir wurden zu Tiefenzwergen. Und wir schworen uns, unsere neue Heimat gegen unsere feigen Brüder aus der Oberwelt zu verteidigen. Sie hatten uns damals ihrer Gier nach Gold geopfert. Sie sollten es nie bekommen.«

»Also wart Ihr für all die Toten vor zwanzig Jahren verantwortlich?«, fragte Tomrin. »Ihr habt den Zwergen solche Angst gemacht, dass sie aus den Verbotenen Hügeln flohen und die *Schwelle* bauten?«

Ulthan sah den Jungen an. »Ja. Unsere Brüder von der Oberfläche drangen erneut in unsere Welt ein und bedrohten unsere Heimat. In vielen von uns brannte noch alter Zorn, deshalb schlugen wir sie zurück und trugen die Angst sogar in ihre Häuser. Wir wollten, dass sie niemals wieder unter die Erde zurückkehren würden.« Er senkte den Kopf. »Es waren schlimme Tage, und nachdem die *Schwelle* errichtet war, zogen wir uns tiefer als jemals zuvor unter die Erde zurück. Die Tiefenzwerge sollten vom Angesicht der Welt verschwinden.«

»Aber warum kehrt Ihr jetzt zurück?«, wollte Bortha wissen. »Wollt Ihr uns jetzt auch alle töten?«

Der Zwergenschamane lächelte ihn an. »Nein. Unser Zorn ist verflogen. Im Gegenteil: Wir sind gekommen, weil wir glauben, dass die Zeit reif ist, die Hand der Versöhnung auszustrecken.«

»Was hat Eure Meinung über uns geändert?«, fragte Rurzak.

»Diese jungen Zwerge und Menschen«, sagte Ulthan und deutete auf die beisammen stehenden Grubenjungs und Tomrin, Hanissa und Sando.

»Wir?«, entfuhr es Sando.

»Ja, ihr. Durch euch haben wir gesehen, dass eine neue Generation heranwächst. Eine, die bereit ist, alles zu riskieren, um jemandem in Not zu helfen. Euer kleiner Drache brachte die Dinge ins Rollen.« Er deutete auf Fleck, der glücklich mit den Stummelflügeln wackelte.

»Wie das?«, fragte Hanissa überrascht.

»Er stürzte durch einen tiefen Schacht in eine Höhle am Rand unseres Reichs. Dort wurde er von einem Zwergenjungen gefunden. Da er verletzt war, brachte man ihn zu mir. Ich heilte ihn, und dabei unterhielten wir uns.«

»Moment mal.« Sando riss die Augen auf. »Fleck kann *sprechen?*«

»Nun ja, es ist eher so, dass ich Drachisch verstehe«, erklärte Ulthan schmunzelnd. »Zumindest genug, um zu begreifen, was in den Stollen über uns vor sich ging. So erfuhren wir von den Raubgräbern; wir erfuhren von dem verschwundenen Bortha und davon, wie viel Mühen ihr auf euch genommen habt, um ihn zu retten. Das hat mein Herz erwärmt. Um unsere Anwesenheit jedoch nicht zu verraten, halfen wir Fleck nur, zu euch zurückzufinden. Dann warteten wir ab und beobachteten, was geschehen würde. Da ihr euch selbst befreien konntet, griffen wir nicht ein. Als wir später an der Oberfläche sahen, dass selbst erwachsene Zwerge es wagten, ihr Leben aufs Spiel zu setzen und ihre Angst bezwangen, um euch zu suchen, da wusste ich, dass es Zeit ist, die Vergangenheit hinter sich zu lassen.« Ulthan Tiefenherz hob den Blick und schaute in die fassungslose Zwergenrunde. »Deshalb sind wir gekommen. Um Frieden mit euch zu schließen. Es wird nicht von heute auf morgen wieder alles so sein, wie es mal war. Aber wir können einen Anfang machen.«

»Hört, hört!«, rief der alte Hennruk Erzfinder. »Das muss gefeiert werden.«

Das Wort »feiern« brach den Bann, der auf allen Anwesenden lag. Unvermittelt fingen die Zwerge an zu jubeln, warfen ihre Waffen von sich und griffen erneut nach ihren Bierhumpen. Binnen weniger Augenblicke hatten sie die fünf bleichen Tiefenzwerge in ihre Mitte gezogen und boten ihnen Speis und Trank an. Ihre Erleichterung schien grenzenlos zu sein.

»Kommt«, sagte Tomrin zu Hanissa und Sando. »Gehen wir nach draußen und lassen die Zwerge ihre Verbrüderung feiern.«

»Einverstanden«, erwiderte Hanissa. »Mir schwirrt ohnehin so sehr der Kopf, ich glaube, ich brauche frische Luft.« Sie winkte Gump zu. »Bis bald.«

Der Zwergenwirt, der mit seiner Platte vor Ulthan und dessen Männern stand und ihnen seine »Gaumenschmäuse« anbot, hob eine Hand zum Gruß. »Bis zur nächsten Fruchtbrause«, rief er.

Tomrin, Sando und Hanissa kämpften sich durch die Menge zur Tür und auf die Straße. In den letzten verbliebenen Pfützen auf dem Kopfsteinpflaster spiegelten sich die Strahlen der untergehenden Sonne.

»Und jetzt?«, fragte Tomrin. »Ich habe keine Lust, schon nach Hause zu gehen. Da wartet nur mein Vater darauf, dass ich ihm die ganze Geschichte erzähle – und das habe ich in der letzten Stunde schon so oft getan.«

Sando grinste. »Das ist eigentlich sehr zwergisch! Gute Abenteuer können die gar nicht oft genug hören. Und wenn sie sie dann selbst weitererzählen, werden ihre Helden immer noch ein bisschen heldenhafter und ihre Schurken noch schurkischer.«

»Vermutlich ist aus Xarblo in zwei Wochen ein feuerspeiender Grubengeist geworden«, sagte Hanissa. »Und aus uns dreien …«

»… eine Gemeinschaft furchtloser Abenteurer«, ergänzte Tomrin begeistert. Der Gedanke schien ihm zu gefallen.

»Wo du gerade von Gemeinschaft sprichst.« Sando schaute in Richtung Haustür. »Wir bekommen Besuch.«

Auf der Schwelle waren die Grubenjungs erschienen. Wonkar, Grimbak, Tumril und Bortha traten blinzelnd ins Licht und auf die Straße hinaus. Der kleine Thimon folgte ihnen. Er hatte noch immer den viel zu großen Helm auf dem Kopf.

»Wir haben Bortha soeben in unsere Grube aufgenommen«, erklärte Wonkar. »Alle waren dafür. Nur deine Stimme fehlt noch, Sando. Bist du einverstanden?«

»Nach allem, was er durchmachen musste, hat mein lieber Vetter das mehr als verdient«, antwortete Sando. »Ich kenne keinen tapfereren Grubenjungen als ihn.«

Wonkar zuckte kurz zusammen, als habe Sando ihn beleidigt. Doch dann grinste er. »Geht mir genauso.«

»Und was macht ihr mit den Verrätern?«, warf Thimon ein. »Mit Urbin und Umbrin, die Sando an die Zwergenwehr verpfiffen haben?«

»Die Entscheidung überlasse ich Sando«, sagte Wonkar. »Er soll bestimmen, was mit ihnen geschieht.«

»Nichts«, erwiderte Sando. »Lassen wir sie laufen. Sie gehören nicht mehr zu uns, das ist Strafe genug.«

Hanissa sah ihre beiden Freunde an und machte eine auffordernde Geste. »Kommt jemand mit zu Osrum? Wir müssen ihm noch seine Spürechse zurückbringen.«

»Guter Vorschlag«, fand Tomrin.

»Ich bin dabei«, erwiderte Sando.

Hanissa pfiff zweimal, und schon kam Fleck auf sie zugelaufen. Pip flatterte um ihn herum, als wolle sie ihn auffordern, mit ihr Fangen zu spielen.

Plötzlich fasste Sando Hanissa am Arm. Er wirkte überrascht – sogar ein wenig erschrocken. »Da«, raunte er. »Hinter dir.«

Hanissa drehte sich um. Aus der dunklen Gasse zwischen dem Haus der Wasserhebers und dem der Nachbarn trat ein kleiner Junge. Seine blassgraue Haut und das weiße Haar zeichneten ihn als einen Tiefenzwerg aus.

Sie wollte ihn gerade ansprechen, da quäkte Fleck fröhlich und lief auf ihn zu. »Fleck, nicht!«

Doch der kleine Drache hörte nicht auf sie. Vergnügt ließ er sich von dem Zwerg den Kopf kraulen.

Dieser lächelte. »Na, Gestaltwandler? Geht's dir gut?«

»Gestaltwandler?« Tomrin sah seine beiden Freunde beunruhigt an. Dann wandte er sich wieder an den Tiefenzwerg. »Kennst du Fleck etwa?«

Hanissa schluckte. Je mehr Leute über Flecks Geheimnis Bescheid wussten, desto gefährlicher.

»Der Gestaltwandler und ich sind alte Freunde, nicht wahr?«, murmelte der blasse Zwerg und lachte, als Fleck ihm die Hand abschleckte. »Zumindest seit heute. Wie, sagtet ihr, heißt er? Fleck?«

»Ich verstehe nicht.« Sando blinzelte verwirrt. »Woher …«

»Als er in den Stollen stürzte, landete er genau vor mir«, erklärte der Zwerg. »Im Erzgewölbe, wohin ich immer zum Spielen gehe. Zuerst hatte ich große Angst und wollte schon weglaufen, aber dann sah ich, wie er sich verwandelte und zu diesem lieben Tierchen hier wurde.«

»Der Zwergenjunge, der Fleck fand und zu Ulthan Tiefenherz brachte«, murmelte Hanissa. »Das warst du?«

Der Zwerg nickte. »Ich heiße Solbur.«

Hanissa stellte sich und die anderen vor. »Wir stehen in deiner Schuld, Solbur. Hättest du nicht so schnell und so mutig reagiert, wären Xarblo und seine Schurken nie gefasst worden.« *Und wir alle vermutlich nicht mehr am Leben,* ergänzte sie in Gedanken.

»Potztausend«, brummte Wonkar. »Der Kleine hat Mumm in den Knochen. Das gefällt mir. Was meint ihr, Grubenjungs? Verträgt unsere Grube ein weiteres Mitglied?«

Sando und die Zwerge waren einverstanden. Thimon rutschte vor lauter Begeisterung wieder der Helm über die Augen.

Dann trat Wonkar auf Solbur zu. »Möchtest du Teil unserer Gruppe werden? Wir sind die tapfersten und mutigsten Zwerge des ganzen Viertels.«

»Und die gutaussehendsten«, murmelte Sando spöttisch. »Aber im Ernst, Solbur: Es wäre uns eine Ehre, dich dabei zu haben.«

»Aber ich wohne doch in den Stollen«, erwiderte dieser überrumpelt. »Ich bin nicht hier oben zu Hause.«

Sando breitete die Arme aus. »Zwergenviertel ist Zwergenviertel. Egal, ob man diesseits oder jenseits der *Schwelle* lebt.«

»Über- oder unterirdisch«, ergänzte Wonkar. Er streckte dem blassen Jungen die Hand entgegen. »Schlag ein, Solbur. Es würde uns freuen.«

Der Tiefenzwerg lächelte. Er wirkte mit einem Mal ungemein stolz. »Also schön«, sagte er und ergriff Wonkars Hand.

Nachdem Solbur bei den Grubenjungs aufgenommen worden war, trennten sich die Freunde. Wonkar und die Grubenjungs gingen mit ihrem neuen Mitglied zurück ins Haus, Tomrin, Hanissa und Sando machten sich mit Pip und Fleck auf zu Osrum in die Drachengasse.

Als sie das Zwergenviertel hinter sich gelassen hatten, fragte Tomrin: »Ob die Klans und die Tiefenzwerge in Zukunft miteinander auskommen werden?«

»Möglich wär's«, antwortete Sando. »Aber garantieren würde ich es nicht. Zwerge tun sich mit Veränderungen schwer. Was meinst du, Nissa?«

Hanissa wusste es nicht. Sie wusste nur eines, als sie in die Gesichter ihrer beiden Freunde sah. »Das hier ist Bondingor, oder?«, sagte sie. »Hier ist *alles* möglich.«

Über den Dächern des Zwergenviertels ging die Sonne unter. Der Abend begann – und mit ihm eine neue Geschichte.

Ende

Die Autoren

BERND PERPLIES, geboren 1977 in Wiesbaden, studierte Film- und Literaturwissenschaft in Mainz. Bis heute hat er über 40 Romane verfasst, vor allem Fantastisches für Erwachsene und Kinder. Seine Werke haben mehrere Preise gewonnen und wurden in zehn Sprachen übersetzt. Mehr über ihn erfahrt ihr auf: www.bernd-perplies.de

CHRISTIAN HUMBERG wuchs im Herzen der Vulkaneifel auf. Heute schreibt er Romane, Comics, Theaterstücke und Sachbücher für große und kleine Leser, die bislang in knapp ein Dutzend Sprachen übersetzt wurden. Anlässlich der Frankfurter Buchmesse wurde der Schriftsteller und Literaturübersetzer im Oktober 2015 mit dem Deutschen Phantastikpreis ausgezeichnet. Wer noch mehr über ihn wissen möchte, erfährt es unter www.christian-humberg.de.

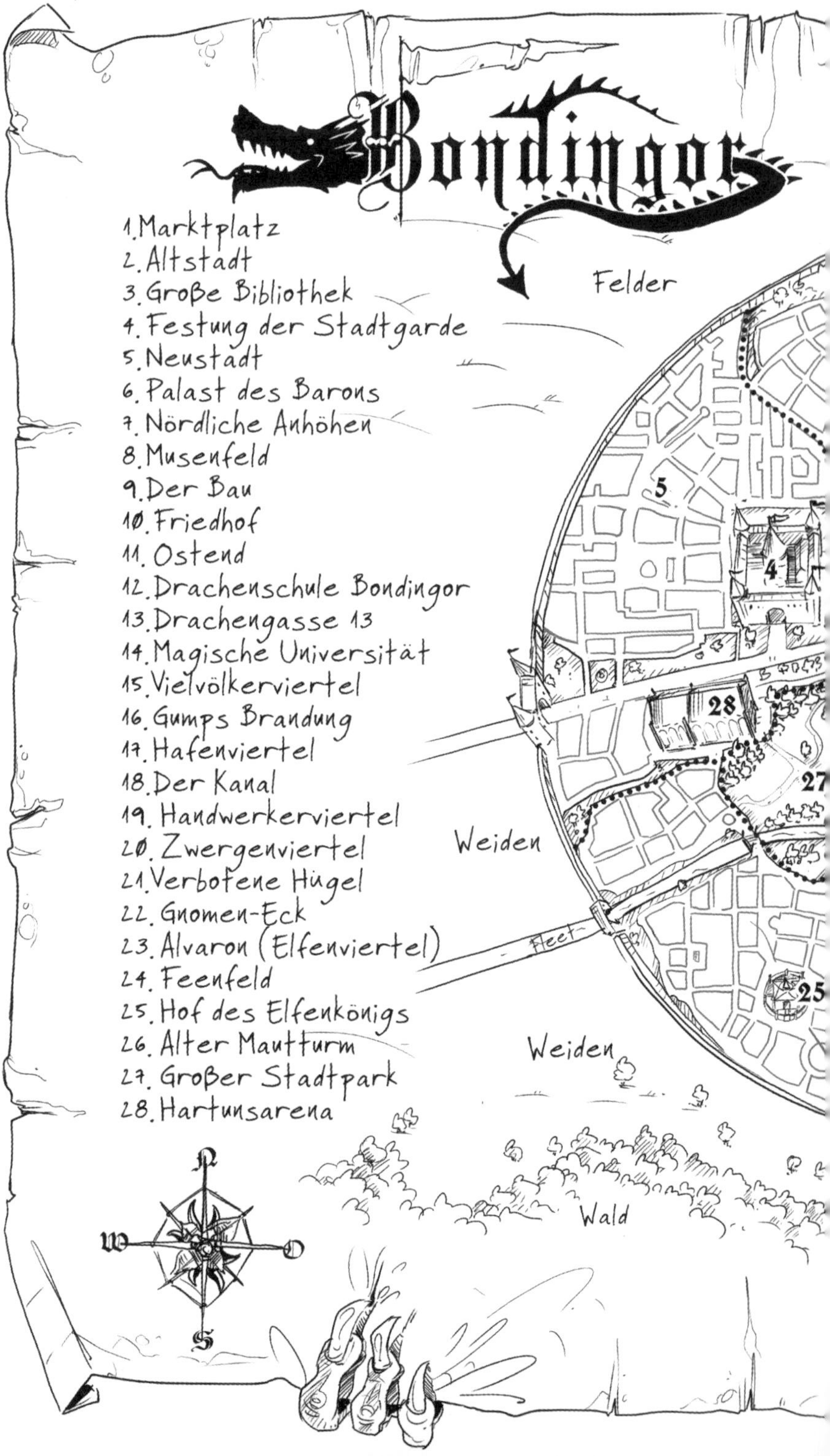
Bondingor
1. Marktplatz
2. Altstadt
3. Große Bibliothek
4. Festung der Stadtgarde
5. Neustadt
6. Palast des Barons
7. Nördliche Anhöhen
8. Musenfeld
9. Der Bau
10. Friedhof
11. Ostend
12. Drachenschule Bondingor
13. Drachengasse 13
14. Magische Universität
15. Vielvölkerviertel
16. Gumps Brandung
17. Hafenviertel
18. Der Kanal
19. Handwerkerviertel
20. Zwergenviertel
21. Verbotene Hügel
22. Gnomen-Eck
23. Alvaron (Elfenviertel)
24. Feenfeld
25. Hof des Elfenkönigs
26. Alter Mautturm
27. Großer Stadtpark
28. Hartunsarena
Felder
5
4
28
27
Weiden
Fleet
25
Weiden
Wald
N
W
O
S